Tres noches contigo

Merline Lovelace

WITHDRAWN

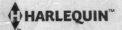

Editado por Harlequin Ibérica.
Una división de HarperCollins Ibérica, S.A.
Núñez de Balboa, 56
28001 Madrid

I.S.B.N.: 978-84-687-7620-0
Depósito legal: M-2587-2016
Impresión en CPI (Barcelona)
Fecha impresion para Argentina: 10.10.16
Distribuidor exclusivo para España: LOGISTA
Distribuidores para México: CODIPLYRSA y Despacho Flores
Distribuidores para Argentina: Interior, DGP, S.A. Alvarado 2118.
Cap. Fed./Buenos Aires y Gran Buenos Aires, VACCARO HNOS.

Prólogo

Creo que he cerrado el círculo. Durante muchos años centré mi vida en mis queridas nietas. Ahora han crecido y tienen su propia vida. La elegante y callada Sarah tiene un marido que la adora, una carrera floreciente como autora y su primer hijo en camino. Y Eugenia, mi despreocupada y llena de vida Eugenia, es la esposa de un diplomático de Naciones Unidas y madre de gemelas. Cumple con los dos papeles con alegría y sin esfuerzo. Ojalá pudiera decir lo mismo de Dominic, mi impresionante sobrino nieto. Dom sigue sin acostumbrarse al hecho de que ahora ostenta el título de gran duque de Karlenburgh. Pero en cuanto mira a su mujer, la inquietud se le borra al instante. Natalie es tan discreta, tan dulce e inteligente... Nos impresiona a todos con su profundo conocimiento sobre los temas más ocultos... incluida la historia de mi amado Karlenburgh.

En estos tiempos vivo pendiente de la hermana de Dom, Anastazia. Admito que utilicé descaradamente nuestro lejano parentesco para convencer a Zia de que viviera conmigo durante su residencia pediátrica en Nueva York. Solo le quedan unos meses para acabar el agotador programa de tres años. Debería estar encantada de que se acercara el final, pero percibo que hay algo que la inquieta. Algo de lo que no quiere hablar, *ni siquiera conmigo. No forzaré el asunto, pero confío en que las vacaciones que he preparado para toda la familia ayuden a calmar la preocupación que se esconde tras la preciosa y cálida sonrisa de Zia.*

Del diario de Charlotte, gran duquesa de Karlen-burgh

Capítulo Uno

Zia no escuchó el grito con el bramido de las olas. Preocupada por la decisión que pendía sobre ella como la espada de Damocles, había salido a correr temprano por la orilla de Galveston Island, Texas. Aunque el Golfo de México ofrecía una gloriosa sinfonía de agua verdosa y olas de espuma, Zia apenas se fijó en el cambiante paisaje marino. Necesitaba pensar, estar sola para pelearse con sus demonios particulares.

Quería a su familia, adoraba a su hermano mayor, Dominic; a su tía abuela Charlotte, que prácticamente la había adoptado; a sus primas; sus maridos y sus hijos. Pero pasar las vacaciones de Navidad en Galveston con todo el clan St. Sebastian no le había dejado mucho tiempo para observar su alma. A Zia solo le quedaban tres días para decidir, tres días para volver a Nueva York y…

−¡Ve por él, Buster!

Sumida como estaba en sus pensamientos, habría bloqueado el alegre grito si no hubiera pasado dos años y medio como residente pediátrica en el hospital infantil Kravis, que formaba parte del complejo del hospital Monte Sinaí de Nueva York. Tantas horas trabajando con niños le habían agudizados los sentidos hasta el punto de que su mente reconoció al instante que se trataba de un niño de unos cinco o seis años con un buen

5

par de pulmones. Sonrió y dio unos cuantos pasos hacia atrás para ver al niño correr por la arena a unos treinta metros de ella. Era pelirrojo y con pecas y perseguía a un perro blanco y marrón que a su vez perseguía un frisbi.

A Zia se le borró la sonrisa cuando miró a su alrededor y no vio a ningún adulto. ¿Dónde estaban los padres del niño o su cuidadora? ¿O algún hermano mayor? Era demasiado pequeño para estar en la playa sin supervisión. Sintió una oleada de rabia. Ella había tenido que lidiar con los resultados de la negligencia de muchos padres. Entonces escuchó otro grito, esta vez de pánico. Con el corazón en un puño, Zia vio que se había lanzado a las olas tras el perro. Ella sabía que había un banco de arena que descendía en aquel punto de forma drástica.

Miró frenéticamente hacia el punto en el que la roja cabecita desapareció bajo las olas. ¡No le veía! Sin pensárselo dos veces, Zia se lanzó al agua como un delfín perseguido por una ballena asesina.

Justo antes de meterse bajo las olas vio el lomo del perro, que la fue guiando hacia donde estaba el niño. Zia lo agarró de la muñeca. Tiró de él hacia arriba con fuerza y rapidez. Tuvo que nadar en paralelo a la orilla durante unos angustiosos momentos antes de que la corriente le permitiera acercarse a la arena.

El niño no respiraba cuando lo tomó bocarriba y empezó la reanimación. La lógica le decía que no llevaba en el agua el tiempo suficiente como para sufrir una carencia de oxígeno importante, pero tenía los labios morados. Centrada por completo en él, Zia ignoró al perro, que gemía y daba vueltas alrededor del niño. También ignoró el retumbar de los pasos que se acercaron corriendo, los ofrecimientos de ayuda, el grito que fue mitad plegaria mitad expresión de pánico.

—¡Davy! ¡Dios mío!

El pecho infantil se agitaba bajo las manos de Zia. Un instante más tarde, el niño arqueó la espalda y le salió agua de mar por la boca. Rezando en silencio una plegaria de agradecimiento a san Esteban, el santo patrón de su nativa Hungría, Zia puso al niño de costado y le sujetó la cabeza mientras echaba la mayor parte del agua que había tragado. Cuando terminó volvió a ponerle bocarriba. Le salía agua por la nariz y tenía los ojos llenos de lágrimas, pero las retuvo.

—¿Qué… qué ha pasado?

Zia le dirigió una sonrisa tranquilizadora.

—Te has metido demasiado y perdiste pie.

—¿Me… me he ahogado?

—Casi.

El niño le pasó un brazo al perro por el cuello mientras la emoción se abría paso a través de la confusión y el miedo que reflejaban sus ojos marrones.

—¡Ya verás cuando se lo cuente a mamá, a Kevin a la abuelita y a…! —giró la cabeza y miró detrás de Zia—. ¡Tío Mickey! ¡Tío Mickey! ¿Has oído eso? ¡Casi me ahogo!

—Sí, chaval, lo he oído.

Era el mismo tono de barítono que Zia había registrado unos instantes atrás. Aunque ya no había pánico, sino un alivio coloreado por algo parecido al buen humor.

Jézus, Mária és József! ¿Aquel idiota no se daba

cuenta de lo cerca que había estado de perder a su sobrino? Furiosa, Zia se puso de pie y se giró hacia él. Estaba a punto de lanzarle toda la munición cuando se dio cuenta de que el tono jocoso iba dirigido al niño.

Tenía unos hombros muy anchos, se fijó Zia sin poder evitarlo, coronados por un cuello grueso y una barbilla recta con hoyuelo. Tenía los ojos de un verde profundo como el mar y el pelo negro oscuro y corto.

El resto tampoco estaba mal. Se formó una rápida impresión del ancho pecho, las musculosas piernas que asomaban bajo los vaqueros cortados y los pies con chanclas. Entonces aquellos ojos verdes como el mar le lanzaron una mirada agradecida y el hombre hincó una rodilla al lado de su sobrino.

–Tú, jovencito –dijo mientras ayudaba al niño a sentarse–, estás metido en un lío. Sabes muy bien que no puedes bajar a la playa solo.

–Buster necesitaba salir.

–Te lo repito: no puedes bajar a la playa solo.

Zia se libró de los últimos resquemores que le quedaban al pensar que el niño estaba sin supervisión.

–Cuando me diste a Buster dijiste que era mi responsabilidad, tío Mickey –protestó Davy–. Dijiste que tenía que pasearle, darle de comer, recoger sus cacas…

–Seguiremos luego con esta conversación –lo atajó su tío–. ¿Cómo te encuentras?

–Bien.

–¿Tan bien como para ponerte de pie?

–Claro.

El pequeño sonrió y se levantó. El perro ladró para animarle, y Davy hubiera salido corriendo si su tío no le hubiera puesto una mano en el hombro.

–¿No tienes nada que decirle a esta dama?

–Gracias por no dejar que me ahogara.

–De nada.

Su tío mantuvo la mano con firmeza en el hombro y le tendió la otra a Zia.

–Soy Mike Brennan. No tengo palabras para agradecerle lo que ha hecho por Davy.

Ella le estrechó la mano y percibió su fuerza y su calor.

–Anastazia St. Sebastian. Me alegro de haberle sacado a tiempo.

El terror que había atravesado a Mike cuando vio a aquella mujer arrastrando el cuerpo inerte de Davy a la orilla había retrocedido lo suficiente como para poder fijarse.

Y lo que vio le dejó algo atribulado.

El cabello negro y brillante le llegaba por debajo de los hombros. Tenía los ojos casi igual de oscuros y algo rasgados. Y cualquier supermodelo del planeta habría matado por aquellos pómulos tan altos. El esbelto cuerpo se marcaba a la perfección con la camiseta y los pantalones cortos de correr a juego. Y para colmo no llevaba anillo de casada ni de compromiso.

–Creo que se pondrá bien –estaba diciendo la mujer mientras miraba a Davy, que ahora no se estaba quieto–. Pero debería echarle un ojo durante las siguientes horas. Observar alguna señal de respiración agitada, ritmo cardíaco rápido o fiebre. Todo eso es normal las primeras horas tras sufrir un ahogamiento.

Su acento resultaba tan intrigante como toda ella.

Mike pensó que procedía de algún país de Europa del Este, pero no pudo precisar cuál.

–Parece saber mucho de este tipo de situaciones. ¿Es usted técnico en primeros auxilios?

–Soy médico.

De acuerdo, ahora estaba doblemente impresionado. La mujer tenía los ojos de una odalisca, el cuerpo de una seductora y el cerebro de un médico. Le había tocado la lotería. Mike señaló hacia las coloridas sombrillas que asomaban del restaurante que había más arriba y se lanzó.

–Espero que nos permita a Davy y a mí mostrarle nuestro agradecimiento invitándola a desayunar, doctora St. Sebastian.

–Gracias, pero ya he desayunado.

Mike no estaba dispuesto a dejar ir a aquella maravillosa criatura.

–A cenar entonces.

–Eh… estoy aquí con mi familia.

–Yo también. Desafortunadamente –le hizo una mueca a su sobrino, que se rio–. Le estaría muy agradecido si me diera una excusa para escaparme de ellos un rato.

–Bueno…

A Mike no se le escapó su vacilación. Ni el modo en que le miró a él la mano izquierda. La marca blanca del anillo de casado se había borrado. Lástima que no hubiera sucedido lo mismo con las cicatrices internas. Mike devolvió el desastre de su matrimonio al agujero negro en el que tenía que estar e ignoró sus dudas.

–¿Dónde se aloja?

Aquellos ojos exóticos lo miraron de arriba abajo.

–Estamos en el Camino del Rey –dijo finalmente a regañadientes–. A un kilómetro de la playa.

Mike disimuló una sonrisa.

–Sé donde está. La recogeré a las siete y media –le apretó el hombro a su sobrino, que cada vez se mostraba más impaciente–. Dile adiós a la doctora St. Sebastian, chaval.

–Adiós, doctora.

–Adiós, Davy.

–Hasta luego, Anastazia.

–Llámeme Zia.

–De acuerdo –Mike levantó dos dedos en señal de despedida y agarró a su sobrino por la camiseta para sacarlo de la playa.

Zia los siguió con la mirada hasta que desaparecieron tras la fila de casas que había frente a la playa. No se podía creer que hubiera accedido a cenar con aquel hombre. ¡Como si no tuviera bastantes cosas en la cabeza en aquel momento sin tener que charlar de banalidades con un completo desconocido!

Observó cómo el perro saltaba al lado de ellos. Le recordó al perro de su cuñada, que se llamaba Duque, para disgusto del hermano de Zia, Dominic, que todavía no se había adaptado del todo a la transición de agente de la Interpol a gran duque de Karlenburgh.

El ducado de Karlenburgh formó parte en el pasado del vasto imperio austrohúngaro, pero había desaparecido hacía tiempo a excepción de en los libros de historia. Eso no había evitado que los paparazzi persiguieran al nuevo miembro de la realeza europea, obligándole a dejar su trabajo de agente secreto. Y Dom había respondido enamorándose de la mujer que había descubierto que él era el heredero del título e incorporándola a las filas del creciente clan St. Sebastian. Ahora la familia de Zia incluía una cuñada cariñosa e inteligente y dos primas maravillosas que Dom y ella habían conocido hacía solo tres años.

Y por supuesto, la tía abuela Charlotte. La regia matriarca de la familia St. Sebastian y la mujer que le había abierto a Zia las puertas de su casa y de su corazón. Zia no creía que hubiera llegado tan lejos en su residencia de pediatría sin el apoyo de la duquesa.

Dos años y medio, pensó mientras renunciaba al resto de la carrera matinal y volvía al apartamento. Veintiocho meses de rondas, turnos, reuniones de equipo y conferencias. Días interminables y noches de agonía con los pacientes. Horas dolorosas de duelo con los padres mientras enterraba su propia pérdida tan profundamente que ya apenas salía a la superficie.

Excepto en momentos como aquel. Cuando tenía que decidir si seguir trabajando con niños enfermos durante los próximos treinta o cuarenta años o aceptar la oferta del doctor Roger Wilbanks, jefe del centro investigación pediátrica avanzada, y unirse a su equipo. ¿Podría cambiar los retos y el estrés de la medicina de a pie por el menor volumen de trabajo y el atractivo salario en un edificio de investigación ultramoderno?

La pregunta le quemaba como el ácido en el estómago mientras se dirigía al complejo en el que se alojaba la familia St. Sebastian. Los turistas habían empezado a bajar a la playa. Sin saber por qué, Zia pensó en Mike Brennan. En su cuerpo musculoso y en sus vaqueros cortados que sugerían que se encontraba a gusto consigo mismo en aquel ambiente tan adinerado.

Le apetecía la idea de cenar con él. Tal vez le ofreciera lo que necesitaba. Una noche agradable lejos de su bulliciosa familia. Unas cuantas horas en la que no tener que tomar decisiones. Una aventura sin importancia...

¡Vaya! ¿De dónde había salido eso?

Ella no tenía aventuras sin importancia. Aparte de que las largas horas de trabajo la dejaban agotada, era demasiado responsable y cuidadosa. Sin contar con aquella única vez. Zia torció el gesto y apartó de sí el recuerdo de aquel guapo cirujano que había olvidado mencionar su matrimonio.

Seguía lamentándose por aquel error cuando abrió la puerta del apartamento de dos plantas y seis habitaciones. Aunque todavía era muy temprano, el nivel de ruido estaba empezando a alcanzar los decibelios permitidos. En gran parte se debía a las gemelas de tres años de su prima. Sonrió mientras siguió los gritos hasta el salón. El ventanal ofrecía una impresionante vista del Golfo de México. Pero nadie parecía interesado en ella. Todos los presentes estaban absortos en los intentos de las gemelas de ponerles una nariz de reno a sus tíos. Dominic y Devon estaban sentados con las piernas cruzadas al alcance de las niñas, mientras que su padre, Jack, observaba la escena divertido.

—¿Qué está pasando aquí? —preguntó Zia.

—Va a venir Santa Claus —afirmó Amalia emocionada.

—Y el tío Dom y Dev van a ayudarle a tirar del trineo —dijo Charlotte.

Las niñas tenían el nombre de la duquesa, cuyo nombre completo y títulos llenaban varias hojas. Los de Sarah y Gina eran casi igual de largos, como el de Zia. Era un tormento intentar que el nombre de Anastazia Amalia Julianna St. Sebastian cupiera en los formularios, pensó Zia deteniéndose en el umbral de la puerta para disfrutar de la escena.

Los tres hombres no podían ser más distintos de aspecto y al mismo tiempo tan parecidos en carácter. Jack, el padre de las gemelas y actual embajador de Estados Unidos en Naciones Unidas, era alto, rubio oscuro y de porte aristocrático.

El esfuerzo de Devon Hunter por pasar de supervisor de equipajes a multimillonario hecho a sí mismo se notaba en su rostro enjuto y en sus ojos inteligentes. Y Dominic…

Ah. No había nadie más guapo ni carismático que el hermano que había asumido la custodia legal de Zia cuando sus padres murieron. El amigo y consejero que la había guiado en sus turbulentos años adolescentes. El agente secreto que la había animado durante la etapa universitaria y que había abandonado su peligroso trabajo por la mujer que amaba.

Natalie también le amaba a él, pensó Zia con una sonrisa mientras deslizaba la mirada hacia su cuñada. Estaba completamente feliz, sin reservas, sentada en la esquina del cómodo sofá agarrando el collar de su perro para evitar que se uniera a la brigada del reno.

Las primas de Zia estaban sentadas a su lado. Gina, con un gorro de Santa en la cabeza con su correspondiente peluca de rizos blancos, parecía más bien una adolescente y no madre de gemelas, esposa de un respetado diplomático y socia de una de las empresas de organización de eventos más importante de Nueva York. La hermana mayor de Gina, Sarah, ocupaba el otro extremo del sofá. Tenía las palmas de las manos apoyadas en el incipiente vientre y sus elegantes facciones mostraban la plácida alegría de su próxima maternidad.

Pero fue la mujer que estaba sentada con la espalda recta y las manos apoyadas en la cabeza de ébano de su bastón quien captó la atención de Zia. La gran duquesa de Karlenburgh era un modelo para cualquier mujer de su edad. Cuando era joven vivió en varios castillos desperdigados por toda Europa. Obligada a presenciar la ejecución de su marido, Charlotte consiguió escapar atravesando los Alpes cubiertos de nieve con su bebé recién nacido en brazos y una fortuna en joyas escondida en el osito de peluche del bebé. Más de sesenta años después, no había perdido ni un ápice de dignidad ni de porte regio. Con el pelo blanco y la piel como el papel, la indomable duquesa gobernaba su creciente familia con mano de hierro envuelta en guante de terciopelo.

Ella era la razón por la que todos estaban allí, pasando las Navidades en Texas. Charlotte no se había quejado. Consideraba las lamentaciones un defecto deplorable. Pero Zia se había dado cuenta de que el frío y la nieve que había cubierto Nueva York a principios de diciembre habían exacerbado la artritis de la duquesa. Y solo hizo falta que Zia expresara su idea de reunir a todo el clan St. Sebastian.

Dev y Sarah alquilaron rápidamente aquel apartamento de seis habitaciones y lo montaron como base temporal para sus operaciones en Los Ángeles. Jack y Gina ajustaron sus apretadas agendas para disfrutar de aquellas vacaciones en el sur de Texas. Dom y Natalie viajaron con el perro, y la familia había logrado convencer también a Maria, el ama de llaves de toda la vida de la duquesa y también su acompañante, para que disfrutara con ellos de aquellas vacaciones pagadas mientras el personal del complejo se hacía cargo de las necesidades de todos.

Zia no se había tomado más de tres días seguidos de vacaciones desde que empezó la residencia. Y con la decisión pendiente de aceptar o no la oferta del doctor Wilbanks, no se habría marchado una semana entera si Charlotte no hubiera insistido. Como si le hubiera leído el pensamiento, la duquesa alzó la vista en aquel momento y apretó con sus arrugados dedos la cabeza del bastón. Alzó una de sus níveas cejas en gesto regio.

¡Ajá! Charlotte solo tenía que mirar a Zia para saber qué pensaba la joven. Que era tan vieja y decrépita que necesitaba que el brillante sol de Texas le calentara los huesos. Bueno, tal vez sí. Pero también necesitaba devolver algo de color a las mejillas de su sobrina nieta. Estaba demasiado pálida. Demasiado delgada y cansada. Había trabajado hasta la extenuación en los dos primeros años de residencia. Y en los últimos meses todavía más. Pero cada vez que Charlotte le hablaba de sus ojeras, la joven sonreía y le decía que el agotamiento formaba parte de su residencia de tres años.

Charlotte ya había pasado los ochenta, pero todavía no estaba senil. Ni tampoco vacilaba lo más mínimo cuando se trataba del bienestar de su familia. Ninguno de ellos, Anastazia incluida, tenían idea de que ella era quien había ingeniado aquellas vacaciones al sol. Solo había hecho falta masajearse un poco los nudillos artríticos y alguna que otra mueca de dolor mal disimulada. Había bastado con eso y con comentar que Nueva York estaba especialmente frío y húmedo aquel diciembre. Su familia reaccionó tal y como había imaginado, organizando aquellos días en el sur de Texas.

Charlotte había conseguido convencer a Zia para que se tomara toda la semana de Navidades. La joven todavía estaba muy delgada y cansada, pero al menos sus mejillas habían recuperado algo de color. Y la duquesa se fijó en que le brillaban los ojos. También le intrigó que tuviera el brillante y negro cabello mojado. Y un alga pegada.

–Ven a sentarte a mi lado, Anastazia, y cuéntame qué te ha pasado cuando has ido a correr a la playa –le pidió.

–¿Cómo sabes que ha pasado algo?

–Tienes un alga en el pelo. Dinos, ¿qué ha pasado?

Zia se tocó la cabeza y se rio. Aquello llamó la atención de los demás, que se dispusieron a escucharla.

–Un niño pequeño estaba a punto de ahogarse y me metí en el mar para sacarle.

–¡Dios mío! ¿Está bien?

–Perfectamente. Y su tío también. Muy bien –añadió subiendo varias veces las cejas–. Por eso he accedido a cenar con él esta noche.

Capítulo Dos

Como Zia había esperado, el anuncio de que iba a cenar con un completo desconocido desató un bombardeo de preguntas. El hecho de que no supiera nada de él no sentó nada bien a los hombres de la familia.

Como resultado, todo el clan estaba reunido tomando un cóctel antes de cenar cuando el portero llamó al telefonillo aquella anoche y anunció una visita para la doctora Sebastian.

Estaba esperando en la puerta de entrada cuando Brennan salió del ascensor.

–Hola, doctora.

«Vaya», pensó Zia. El hombre era impresionante. La sonrisa era parecida a la que ella recordaba de por la mañana, pero el envoltorio resultaba completamente distinto. Había cambiado los vaqueros cortados y las chanclas por unos pantalones de tela negros, camisa azul Oxford de cuello abierto y elegante chaqueta informal. Las botas de cuero y el sombrero negro fueron toda una sorpresa.

Como la mayoría de los europeos, Zia había crecido con la imagen de los vaqueros que mostraba Hollywood. Aunque llevara dos años y medio viviendo en Nueva York, su estereotipo mental no había cambiado. Tampoco se había topado allí en Galveston con muchos tejanos que llevaran el tradicional sombrero.

18

Pero a Brennan le quedaba bien. Como si formara parte de él.

—¿Qué tal está Davy? —le preguntó Zia.

—De mal humor porque estuvo todo el día castigado sin televisión ni videojuegos por haberse escapado de casa.

—¿Algún efecto secundario?

—Por el momento no. Aunque a su madre se le está agotando la paciencia.

—Me imagino. Mi familia está tomando una copa en la terraza. ¿Quieres pasar a saludar?

—Claro.

—Prepárate —le advirtió ella—. Son muchos.

—No hay problema. Mi abuelo irlandés se casó con una belleza mexicana. No sabrás lo que es el ruido y el bullicio hasta que hayas cenado el domingo por la noche en casa de mi abuela.

Ahora que había mencionado sus orígenes, Zia pudo ver trazas de ambas culturas.

Mientras le guiaba hacia la terraza que rodeaba el apartamento, Zia se alegró de haber decidido arreglarse un poco. Pasaba la mayor parte del tiempo con la bata puesta y un estetoscopio colgado al cuello. Tenía que admitir que se sentía bien con aquella camisola de seda roja, los vaqueros ajustados de Gina y los zapatos que también le había prestado, unos tacones mortales que añadían siete centímetros a su metro setenta y que sin embargo seguían sin ponerla a la altura de los ojos de Mike Brennan.

Había querido recogerse el pelo en su moño habitual, pero Sarah insistió en que se dejara algunos mechones sueltos que le enmarcaran la cara. Sintiéndose como Cenicienta, Zia abrió la puerta corredera de cristal que daba a la terraza.

Los doce pares de ojos que se clavaron en el recién llegado habrían intimidado a un hombre menos fuerte. Pero había que decir a favor de Brennan que el paso no le falló cuando siguió a Zia a la amplia terraza.

–Brennan –dijo Dev asombrado–. Global Shipping Incorporated –se puso de pie para estrecharle la mano–. ¿Qué tal estás, Mike?

–Muy bien –respondió él, tan sorprendido como Dev de encontrar una cara conocida en aquella reunión familiar–. ¿Eres pariente de Zia?

–Es prima de Sarah, mi mujer. Mike es presidente y director general de Global Shipping Incorporated, la tercera flota de contenedores más importante de Estados Unidos –explicó Dev.

Zia escuchaba sorprendida. En cuestión de minutos, el guapo de playa se había transformado en vaquero y ahora en alto ejecutivo. Estaba tratando de ajustarse a las transiciones cuando Dev dio otra puntada.

–Ahora que lo pienso, ¿no es tu empresa la dueña de este complejo? Junto con otra docena de edificios industriales y comerciales del área de Houston.

–Así es.

–Supongo que por eso conseguimos un precio tan bueno por el alquiler de este apartamento.

–Intentamos cuidar a nuestros mejores clientes –reconoció Brennan con una sonrisa.

Tras presentarle a los demás miembros de la familia, Zia guio a Mike hacia la mujer de cabello blanco como la nieve que estaba sentada en un sillón de mimbre. Él se quitó el sombrero.

–Esta es mi tía abuela Charlotte St. Sebastian, gran duquesa de Karlenburgh.

Charlotte le tendió una mano de venas azules. Mike se la estrechó con delicadeza.

–Un placer conocerla, duquesa. Ahora sé por qué el apellido de Zia me resultaba familiar. ¿No salió en los periódicos hace un par de años algo relacionado con un Caravaggio perdido que su familia había recuperado?

–Un Canaletto –le corrigió la duquesa–. ¿Le apetece tomar un aperitivo? Podemos ofrecerle lo que le apetezca. O invitarle a probar el brandi más fino del imperio austrohúngaro.

–Di que no y sal corriendo –le advirtió Gina–. El *pálinka* no es para blandos.

–Me han acusado de muchas cosas –respondió Brennan con una sonrisa pícara–. Pero ser blando no está entre ellas.

Sarah y Gina intercambiaron una mirada divertida. Darle un sorbo a aquel brandi afrutado y abrasador que se fabricaba solo en Hungría se había convertido en una especie de rito de iniciación para los hombres que entraban a formar parte del clan St. Sebastian. Dev y Jack habían pasado la prueba, pero aseguraban que todavía tenían quemadas las cuerdas vocales.

–No digas que no te lo advertí –murmuró Zia tras servir un poco del líquido ámbar en una copa de cristal.

Mike aceptó la copa con una sonrisa. Su padre y su abuelo habían trabajado toda su vida de estibadores en los muelles de Houston. Mike y sus dos hermanos habían faltado a clase más veces de las que podía contar para estar con ellos en el puerto. También trabajaban en verano cargando cajas o colocando contenedores. A los tres hermanos Brennan les ofrecieron un codiciado puesto en el sindicato de trabajadores portuarios tras graduarse en la universidad. Colin y Sean lo aceptaron, pero Mike optó por alistarse en la Marina y luego utilizó sus ahorros y el crédito que le proporcionó un banco para comprar su primer barco, un viejo cacharro oxidado que daba servicio en América Central. Doce años y una fleta de petroleros trasatlánticos después, todavía podía beber y maldecir como el mejor marinero.

Así que le dio un trago al brandi pensando que no le llegaría a los talones al corrosivo brebaje que tomaba en la Marina. Supo que estaba equivocado en cuanto lo sintió en la garganta. Consiguió no atragantarse, pero los ojos le lagrimearon y tuvo que aspirar con fuerza el aire por las fosas nasales.

—Vaya —parpadeando y respirando fuego, miró el brandi con profundo respeto—. ¿Cómo ha dicho que se llama esto? —le preguntó a la duquesa entre jadeos.

—*Pálinka*. Se hace en Hungría.

—¿Ha intentado alguien convertirlo en combustible? Un galón de este producto podría propulsar un motor turbo.

La sonrisa de los azules ojos de la duquesa le hizo saber a Mike que había superado aquella prueba de fuego inicial. Pero no estaba dispuesto a pasar por otra, así que dijo:

—He reservado en un restaurante a unas cuantas manzanas de aquí —le dijo—. ¿Le apetece venir con nosotros a cenar? —se giró para incluir al resto de la familia—. ¿Alguien se apunta?

Charlotte respondió por todos.

—Gracias, pero estoy segura de que Zia prefiere que su familia no te cuente historias de su desaprovechada juventud. Eso se lo dejaremos a ella.

Una vez en el ascensor, Mike apoyó la espalda en el elevador que les iba a bajar veinte pisos.

—¿Desaprovechada? —repitió—. Estoy intrigado.

Más que intrigado. Estaba fascinado por la impresionante belleza de aquella mujer y por sus ojeras. Había intentado maquillarlas, pero seguían siendo visibles.

—Supongo que «desaprovechada» es una descripción tan buena como cualquier otra —afirmó ella riéndose—. Aunque en mi defensa tengo que decir que solo intenté operar al perro de la familia una vez. Y que fue en nombre de la medicina.

A pesar de las ojeras, Anastazia St. Sebastian era la fantasía de cualquier hombre hecha realidad. Esbelta, elegante y tan sexy que las cabezas se giraron cuando cruzaron el vestíbulo de mármol y salieron a los jardines.

—He reservado en Casa Mia —dijo Mike tomándola del hombro cuando cruzaron las puertas de hierro que daban a la playa—. Espero que te guste.

—Es la primera vez que vengo a Galveston, me encanta contar con la opinión de un lugareño.

La temperatura invernal del sur de Texas era perfecta para caminar por el paseo marítimo que rodeaba San Luis. Mike aprovechó el corto trayecto para llenar los huecos esenciales. Supo que Zia había nacido en

Hungría, que se graduó en la Universidad de Budapest y luego en la facultad de medicina de Viena con las mejores notas de la clase. Que tuvo varias ofertas para realizar programas de residencia pediátrica en varios centros prestigiosos antes de optar por el Monte Sinaí de Nueva York.

Ella también le sacó la información básica.

—Nacido y criado en Texas —admitió con alegría—. Viajé bastante durante mis años en la Marina, pero me tiraba la tierra. Es el hogar de cuatro generaciones de Brennan. Mis padres, mis abuelos, otro hermano y dos de mis tres hermanas vivimos a escasas manzanas unos de otros en Houston. Pero yo tengo también una casa aquí en la playa para que la use la familia. A los niños les encanta.

—Y no estás casado.

Era una afirmación, no una pregunta.

—Lo estuve. Pero no funcionó.

Aquella afirmación no describía con claridad los tres meses de sexo apasionado seguidos de tres años de creciente incomodidad, insatisfacción, quejas y, finalmente, corrosiva amargura. Por parte de ella, no de Mike. Cuando el matrimonio por fin llegó a su fin, sentía como si le hubieran arrastrado por todo el estado de Texas. Sobrevivió, pero no era una experiencia que quisiera repetir nunca en su vida.

Aunque… la cabeza le decía que el matrimonio sería algo distinto con la mujer adecuada. Alguien que apreciara la fuerza de voluntad necesaria para levantar de la nada una corporación multinacional. Alguien que entendiera que el éxito en cualquier campo implicaba muchas horas de trabajo y quedarse sin vacaciones.

Alguien como la morena de piernas largas que tenía al lado.

Giraron por una calle lateral y llegaron a la villa de estilo español que se había convertido en uno de los restaurantes más exclusivos de Galveston. Cientos de luces iluminaban el patio. Les acomodaron en una mesita situada en un rincón.

–¿Siempre has querido ser médica? –le preguntó Mike cuando pidieron las bebidas, té helado para ella y un ron con hielo para él.

–Sí –contestó ella con tono vacilante–. Pero últimamente me estoy preguntando si valgo para la pediatría.

–¿Y eso?

En aquel momento les sirvieron las bebidas, y Zia aprovechó para pensarse la respuesta. Podía dar cientos de razones. Como el abrumador sentido de la responsabilidad ante pacientes tan pequeños. El dolor al enfrentarse a niños que no tenían cura. El esfuerzo por contenerse ante padres o tutores cuya irresponsabilidad o crueldad causaba lesiones increíblemente graves.

Pero la verdadera razón, la que creyó que podría compensar estudiando pediatría, surgió de nuevo. Nunca había hablado de ello con nadie excepto con Dom. Y sin embargo, inexplicablemente, Zia se vio contándole su viejo dolor a Mike Brennan.

–Tuve un quiste uterino en mi primer año de universidad –dijo, sorprendida de poder hablar con tanta calma de aquello que había cambiado su vida para siempre–. Se me rompió en Eslovenia esquiando.

Al principio pensó que se le había adelantado el periodo, pero el dolor se iba haciendo más intenso . Y la sangre…

–Casi me muero antes de que me llevaran al hospital. En aquel momento la situación era tan desesperada que los cirujanos decidieron que el único modo de salvarme la vida era practicarme una histerectomía.

Zia guardó silencio un instante.

–Me encantan los niños –continuó–. Siempre pensé que tendría un montón. Cuando acepté que nunca podría dar a luz, decidí que al menos podría ayudar a aliviar el sufrimiento de otros. Pero me resulta duro entregarme tanto a los hijos de los demás –reconoció–. Mucho más de lo que imaginé.

Su dolor llenó durante un instante el silencio que se hizo entre ellos. Entonces Mike preguntó:

–¿Qué harías si no ejerces la medicina?

–Seguiría en el campo médico, pero trabajaría en un laboratorio.

Ya estaba. Lo había dicho en voz alta por primera vez. Y no a su hermano, ni a Natalie, ni a la duquesa ni a sus primas. A un desconocido que no parecía desilusionado ni sorprendido de que cambiara la meta de curar enfermos por la atmósfera estéril de un laboratorio.

Zia tenía que participar en un proyecto de investigación además de visitar pacientes. Preocupada por el creciente número de infecciones que los prematuros adquirían en la UVI del hospital, buscó la clave a través de los informes médicos de los últimos cinco años. Su base de datos incluía el peso de los niños al nacer, la raza, el tipo de parto y la tasa de mortalidad.

Aunque todavía era pronto para presentar los resultados, sus hallazgos preliminares habían intrigado al director de investigación del hospital, quien sugirió que el estudio incluyera más variables y mayor muestreo de base. También le pidió a Zia que realizara aquella investigación de dos años bajo su supervisión. Si la subvención llegaba en los próximos meses, podría iniciar la investigación como asignatura opcional y luego unirse a tiempo completo al equipo del doctor Wilbanks una vez terminada la residencia.

–El director de investigación pediátrica del Monte Sinaí me ha pedido que me una a su equipo –le confesó a Mike.

–¿Es tan impresionante como suena?

–La verdad es que sí –reconoció Zia con una nota de orgullo–. El doctor Wilbanks considera que el estudio en el que he estado trabajando como residente merece recibir una subvención de un millón de dólares.

–Desde luego, sí que es impresionante. ¿Y qué implica ese estudio?

Qué fácil resultaba hablar con él. Zia no estaba acostumbrada a hablar de bacterias con alguien que no llevara bata blanca, y menos durante una cena a la luz de las velas.

No pudo culpar a su interés ni a su intelecto de lo que sucedió cuando salieron del restaurante. Aquello fue el resultado de una combinación letal de factores. Primero, la decisión de volver paseando por la playa. Zia tuvo que quitarse los tacones, y la sensación de la arena húmeda y dura bajo los pies desnudos le intensificó los sentidos. Luego estaba la luna casi llena que trazaba un sendero plateado en el mar. Y finalmente el brazo de Mike rodeándole la cintura.

Se dejó llevar por el beso, anticipando que sería placentero. Un final satisfactorio para una velada agradable. No contaba con el deseo que se abrió paso en su vientre cuando la boca de Mike se fundió con la suya.

Él también sintió el tirón. Aunque el ala del sombrero le tapaba los ojos cuando levantó la cabeza, tenía la piel tirante en los pómulos y un tono ronco cuando le preguntó si quería pasarse por su casa a tomar una café o una copa.

O…

No hizo falta que lo dijera, Zia sabía que la invitación estaba abierta.

—¿No estás con gente? ¿Davy, su madre…?

—Eileen se llevó a los niños a la ciudad esta tarde. Creo que no va a dejar que ninguno de los dos se acerque al agua en los próximos cinco años. Por cierto, quiere darte las gracias personalmente. Me dijo que te pidiera el teléfono —Mike se rio entre dientes—. Le prometí que lo haría.

Zia vaciló tres segundos y luego sacó el móvil del bolso.

—Pondré un mensaje a mi familia para que no me esperen despiertos.

Capítulo Tres

El breve paseo hasta la casa de Mike tendría que haberle dado a Zia tiempo suficiente para recuperar el sentido común. Habría sido así si él no la hubiera tomado del brazo para guiarla hacia un sendero apenas discernible entre las dunas. Sentía su mano cálida en la piel, su cuerpo cerca… demasiado cerca.

La casa de la playa a la que la llevó era sin duda nueva. Estaba pintada de azul turquesa y brillaba bajo la luz de la luna sobre el risco que ofrecía una vista clara del Golfo de México y de las luces de Houston que brillaban a lo lejos.

Cuando Mike la guio por las escaleras de entrada y abrió la puerta, Zia todavía tenía tiempo para desactivar la situación. Podría haber aceptado su oferta de un café o un brandi. Pero no lo hizo. Solo quería rendirse a aquel deseo.

Y Brennan no perdió el tiempo repitiendo la oferta. Se quitó el sombrero, lo lanzó sobre la silla más cercana y le sostuvo el rostro entre las palmas.

–Eres preciosa.

Le acarició con los pulgares las mejillas, el labio inferior. El deseo transformó sus ojos verdes como el bosque en un mar inquieto y oscuro. A Zia le dio un vuelco al corazón al percibir su voluntad de hierro. Estaba dejando en sus manos esquivar la bala que se dirigía a ellos a toda velocidad… o ponerse delante. Zia escogió la segunda opción.

Dejó caer los tacones que llevaba en la mano y le rodeó el cuello con los brazos.

–Tú también eres precioso.

Su risa le provocó un escalofrío de placer. Eso y la seguridad con la que reclamó su boca. Michael Brennan era todo un hombre.

Un hombre auténtico, como descubrió Zia cuando le bajó las manos a la cintura y la atrajo hacia sí. Se puso duro contra su cadera mientras movía los labios por los suyos con asombrosa habilidad. Zia recordó que había estado casado, y que sabía cómo despertar el fuego de una mujer. Ella jadeaba cuando Mike levantó la cabeza y le quitó la horquilla del pelo. La melena le cayó suelta, y Brennan hundió las manos en ella mientras volvía a explorarle la boca.

Zia llevó a cabo su propia exploración. Le puso las palmas de las manos en los anchos hombros y le agarró las solapas de la chaqueta para quitársela.

–Quiero que sepas que no tengo por costumbre seducir a mujeres que acabo de conocer –murmuró Mike mientras se libraba de la prenda.

–Y yo quiero que tú sepas que no tengo por costumbre dejarme seducir –dijo ella sintiendo cómo le latía la sangre en las venas–. Pero esta noche voy a hacer una excepción.

Mike la tomó en brazos antes de que terminara de hablar. La estrechó contra su pecho y la llevó al dormitorio. Zia aprovechó el breve recorrido para desabrocharle los dos botones superiores de la camisa.

Estaba mordisqueándole el cuello cuando él abrió

la puerta con el codo y la depositó en una cama de matrimonio.

Mike se quitó la camisa, las botas y los vaqueros a toda prisa. Toda una hazaña considerando que toda la sangre del cerebro estaba ahora concentrada debajo de su cintura. No podía creer que hubiera conseguido llevarse a la cama a aquella exótica y misteriosa doctora, pero no pensaba darle la oportunidad de echarse atrás.

Sin embargo, se tomó su tiempo para desnudarla lentamente, prenda por prenda. La camisola de seda. Los vaqueros ajustados. La ropa interior de encaje. Luego cometió el error de detenerse para disfrutar de la visión de sus curvas. Zia brillaba como el alabastro sobre la cama con la melena desparramada sobre la colcha, tan sedosa y erótica como el triángulo oscuro que tenía entre las piernas. Mike estuvo a punto de perder el control en aquel momento. Pero apretó los dientes y contuvo la marea con la promesa de explorar cada colina de aquel delicioso cuerpo.

Gracias a Dios, tenía un suministro de preservativos de emergencia en la mesilla de noche desde hacía un año. O tal vez más. Con la flota expandiéndose tan deprisa, no había tenido tiempo para nada. Pero su intención era resarcirse ahora de las oportunidades perdidas.

Revolvió el cajón y por fin los encontró. Abrió uno, se lo colocó y volvió a tumbarla sobre la cama para besarla. Una y otra vez. En la boca. El cuello. Los senos. El vientre. Cuando le deslizó una mano entre los muslos, Zia se puso tensa como un arco.

¡Sí! Esto era lo que necesitaba. Lo que ansiaban su mente y su cuerpo. Aquel placer salvaje. Aquella espiral de excitación que le contraía los músculos del vientre.

—Espera.

Apretó las mandíbulas y trató de contener las abrasadoras sensaciones.

—Espera, Mike —se revolvió en la cama—. Deja que… oh…

Antes de que pudiera hacer algo más que rodearle la virilidad con los dedos, las sensaciones se convirtieron en un torbellino. Zia gimió y dejó de intentar detener el clímax que le crecía en el vientre. No podría haberlo contenido aunque quisiera. Le llegó como un tren descontrolado.

Arqueó el cuello, inclinó la columna vertebral y surfeó la sensación hasta el último suspiro. Cuando se derrumbó sobre la colcha, abrió los ojos y vio a Brennan observándola.

—Lo siento —murmuró ella—. Es que hacía mucho tiempo.

—Cariño —Mike seguía duro apoyado contra su cadera, los hombros en tensión. Pero tenía una sonrisa de satisfacción masculina—. No lo sentirías si tuvieras idea de lo gloriosa que era tu expresión.

Zia había estudiado la sexualidad humana. Podía poner nombre a cada etapa de la respuesta de su cuerpo. Deseo. Excitación. Lubricación. Orgasmo. Satisfacción. También sabía que las mujeres podían repetir el ciclo más deprisa que los hombres. Pero de todas formas le sorprendió lo rápido que fue. Solo hizo falta que Mike se inclinara y rozara los labios con los suyos. Fue un beso tan tierno, que a Zia se le puso otra vez en marcha el motor.

Mike la embistió, la llenó, la llevó hasta otra cumbre. Esta vez esperó y se negó a alcanzar el éxtasis sin él.

Jadeando y exhausta de placer, Zia sabía que debería levantarse, vestirse y volver a casa. El «debería» se transformó en «luego» cuando Mike desafió a la ciencia demostrando que podía repetir tras un descanso mínimo.

Si la primera ronda fue rápida y con urgencia, la segunda resultó deliciosamente lenta. Tan lenta que Zia tuvo tiempo de sobra para explorar su duro y musculado cuerpo. Los tendones, los abdominales marcados, el vientre liso, la cicatriz del hombro izquierdo. Zia había dado suficientes puntos en su etapa de residente como para reconocer una herida de cuchillo.

—¿Cómo te hiciste esta cicatriz?

—Fue un malentendido con un marinero portugués. Pero —Mike le deslizó las manos por el trasero y la subió unos cuantos centímetros—. Centrémonos en asuntos más importantes.

Zia no tenía pensado dormirse. Echarse una siesta de veinte o treinta minutos para recargar pilas en la sala de residentes se había convertido en su estilo de vida. Lo único que quería era descansar un poco entre las sábanas con la cabeza apoyada en el cálido ángulo que formaban el cuello y el hombro de Brennan. Así que cuando se despertó y parpadeó al sentir el resplandor del sol entrando por el amplio ventanal, soltó un grito.

—¡Oh, no!

Se sentó y se apartó el pelo de los ojos. Echó un

rápido vistazo a su alrededor y se fijó en lo que la noche anterior no vio. El suelo de la habitación era de planchas de roble pulido. En una de las paredes había una colección de fotografías tamaño póster de barcos. Y ella estaba entre sábanas de suave algodón. Desnuda. Con el roce de una barba en la mejilla izquierda.

Era una mujer adulta. Responsable y libre. No había motivo para que se sintiera culpable o incómoda por tener que explicarle a su familia la procedencia de aquel raspón. Ni el hecho de que había pasado la noche con un hombre interesante y atractivo.

Un hombre que sin duda sabía manejarse en la cocina. Lo descubrió cuando fue a baño y siguió el aroma a beicon frito. Mike había preparado un pequeño festín en la mesa de la cocina, que tenía unas vistas preciosas al golfo. Deslizó la asombrada mirada por el zumo, el melón cortado, la cesta de cruasanes y la cafetera.

Zia soltó un gruñido melodramático para hacer notar su presencia.

–Por favor, dime que eso es café –suplicó.

Mike se giró con la espátula en la mano y sonrió.

–Así es. Sírvete.

Ella lo hizo, pero cuando le dio un sorbo tuvo que contener al aliento.

–¡Dios mío!

–¿Está demasiado fuerte? Lo siento. ¿Por qué no te haces otro?

–No pasa nada, me tomaré este.

Zia apoyó la cadera en la isla central de la cocina y observó trabajar a aquel hombre. No pudo evitar fijarse en cómo la desteñida camiseta de la Universidad de

34

Texas le moldeaba los anchos hombros y en la seguridad con la que manejaba la espátula.

Una vez cocinado el beicon, Mike le quitó la grasa y repasó la sartén con papel de cocina.

–Puedo hacer tortilla o tostadas francesas. O las dos cosas.

–No hace falta que te tomes tantas molestias. A mí me basta con un café y un bollo.

–A mí no –afirmó él con una sonrisa en aquellos ojos verdes y sexys–. Anoche quemamos muchas calorías. Necesito sustancia. Así que… ¿tortilla, tostadas a las dos cosas?

–Tortilla, por favor.

Zia tomó asiento en uno de los taburetes que rodeaban la isla, sorprendida de no sentirse incómoda. Abrió el bolso, que había llevado a la cocina con ella, y sacó el móvil. Le puso un breve mensaje a Dom diciéndole que en un rato volvería a casa. Después se sirvió otro café y se quedó mirando al maestro mientras trabajaba.

–¿Dónde aprendiste a cocinar? –le preguntó, maravillada por su habilidad para cortar y para darle la vuelta a la tortilla.

–¿Te acuerdas del portugués del que te hablé? Su puesto era el de cocinero, pero el muy desgraciado abandonó el barco en Venezuela. Como yo era el más joven de la tripulación, el capitán me puso a cargo de la cocina –Mike puso la primera tortilla en un plato–. Mis opciones eran abrir latas de cerdo con judías toda la travesía de regreso a Galveston o aprender los rudimentos básicos.

Zia admiró el óvalo perfecto de la tortilla.

–Parece que aprendiste algo más que lo básico.

—Aumenté el repertorio a lo largo de los años —admitió él encogiéndose de hombros—. A mi exmujer no le gustaba cocinar. Tráete el café —le pidió añadiendo tiras de beicon a cada plato antes de dirigirse a la mesa de la cocina.

Mike sabía que quería pasar más tiempo con Anastazia St. Sebastian. Pero al parecer no iba a resultarle tan fácil concertar una segunda cita.

—Necesito pasar tiempo con mi familia —dijo ella cuando le propuso quedar más tarde—. Es Nochebuena —le recordó.

—Ah, diablos. Es cierto.

No podía librarse bajo ningún pretexto de la reunión familiar. Todo el clan Brennan se reuniría en casa de su abuela en Houston aquella tarde. Al anochecer, saldrían fuera para la tradicional procesión. Los chavales llevarían las figuras de María y José y todos les seguirían con velas encendidas y farolillos de papel.

Tras la procesión, volverían a casa de su abuela para levantar la tradicional piñata. La estrella de siete puntas tenía un significado religioso que Mike había olvidado. Pero sí recordaba que había demonios allí dentro y que había que golpearlos con un palo. La recompensa era la lluvia de golosinas que caían de la piñata para regocijo de los más pequeños. Después venía un festín de pantagruélicas proporciones: tamales, atole, buñuelos y ponche caliente y con frutas especiadas.

Luego llegaría el turno a la parte irlandesa de la familia. Mike acompañaría a sus padres y a sus hermanos a la Misa del Gallo. Iría a su casa con ellos para envolver los últimos regalos. Y se quedaría frito hasta que todo el clan se volviera a reunir en casa de sus padres la mañana de Navidad para una orgía de regalos seguida de la tradicional cena con pavo.

Mike siempre había disfrutado de aquellas celebraciones. Incluso cuando su exmujer estaba en su peor momento. Jill no conectaba con nadie de la familia, pero nunca logró estropear la alegría de las tradiciones que celebraban año tras año.

La tradición era una cosa, pensó Mike mirando a la mujer que estaba sentada frente a él en la mesa. Anastazia St. Sebastian era otra. Hacía menos de veinticuatro horas que la había conocido. Pero sería capaz de dejar a un lado las tradiciones familiares por pasar otra velada con ella.

Diablos, ¿a quién quería engañar? Buscaba algo más que una velada. Quería otra noche entera. O dos. O tres.

—¿Qué te parece mañana, después de abrir los regalos y del festín? Tal vez necesites desconectar un poco de la familia. Yo desde luego sí.

—Mañana está completo. Es Navidad, y también el cumpleaños de las gemelas.

—¿Y pasado mañana?

Mike estaba presionando y lo sabía. Pero no había llegado hasta donde estaba rindiéndose sin luchar. Y todavía le quedaba un as en la manga.

—Lo cierto es que tengo un motivo oculto para querer volverte a ver.

Ella frunció el ceño.

—¿Oculto?

—Sí, anoche durante la cena me contaste muy poco sobre la investigación que estás llevando a cabo. Me gustaría saber más.

Zia frunció el ceño todavía más.

—¿Por qué?

—GSI tiene un departamento dedicado al estudio y la implantación de mejoras tecnológicas. Nos centramos principalmente en la industria petrolera y de carga, por supuesto, pero también hemos financiado investigaciones en otros campos.

—¿Investigaciones médicas?

Mike se inclinó hacia delante y adquirió una actitud profesional.

—El año pasado formamos parte de un estudio sobre la exposición de los trabajadores de los muelles a agentes cancerígenos. Se demostraron los efectos de la pintura de plomo en los contenedores.

—Pero lo que yo estoy estudiando es la incidencia del estafilococo en los recién nacidos.

—Tal vez te interese saber que dos marineros de Galveston demandaron hace unos años a los dueños del Cheryl K y les reclamaron dos millones de dólares. Alegaron que los dueños no les informaron de la alta presencia de bacterias en el barco. Los dos resultaron contagiados por estafilococo.

Había despertado su interés. Se lo notó en el brillo de los ojos.

—Si pudieras sacar una hora podrías hablar con el director de nuestro departamento de apoyo. Él es quien se encarga de la tecnología e investigación.

—Me encantaría, pero el viernes vuelvo a Nueva York.

–Entonces tendrá que ser hoy o mañana.

–¡No irás a hacerle venir en Nochebuena!

–Lo cierto es que es mi cuñado. Créeme, Rafe aprovechará cualquier excusa para escapar del caos durante una hora o dos.

Zia se mordió el labio inferior, parecía indecisa.

–¿Qué te parece si te llamo después de hablar con mi familia y ver qué plan tienen?

–Me parece bien –Mike agarró una servilleta y escribió su teléfono en ella. Cuando Zia se la guardó en el bolsillo, él se levantó de la mesa–. Si estás lista puedo acompañarte al complejo.

–No es necesario.

–Claro que sí –la tomó de la mano y la levantó del asiento–. También necesito hacer esto.

Zia se acurrucó en sus brazos con naturalidad. Y luego alzó la cabeza y correspondió a su beso. Su sabor y su tacto le despertaron una respuesta instantánea y erótica en todo el cuerpo.

Mike se pasó todo el camino hacia el complejo imaginando modos de retrasar el regreso a Nueva York de la doctora St. Sebastian.

Capítulo Cuatro

Zia abrió con la tarjeta la entrada principal del apartamento y se preparó para la inquisición que le esperaba. Para su profundo alivio, los hombres del clan St. Sebastian ya se habían marchado a jugar al golf. Las mujeres estaban tomándose un café antes de salir a hacer las últimas compras. Las gemelas, según le dijo Gina, estaban en los columpios con Maria y con el perro.

–¡Cuéntanos! ¿Es tan sexy Brennan en la cama como parece?

–Eugenia –la duquesa le dirigió a su nieta una mirada dolida–, intenta ser un poco más refinada.

–Olvida el refinamiento –intervino Sarah cruzando las manos sobre el vientre–. Queremos detalles.

Incluso Natalie se unió a la demanda, aunque con la solemne promesa de no comentar esos detalles con Dom.

–No hay mucho que contar –respondió Zia sonriendo.

–No te vas a librar diciendo eso, Zia –insistió Gina.

–Eugenia –la duquesa resopló suavemente–. Si Anastazia quiere explicar por qué ha pasado la noche con un completo desconocido, lo hará.

–No quería hacerlo –admitió Zia con una sonrisa beatífica mientras se dejaba caer en una silla vacía–.

Tuvimos una cena encantadora y hablamos... hablamos de todo.

A la duquesa no se le pasó por alto la breve vacilación. Charlotte inclinó la cabeza a un lado y miró fijamente a su sobrina nieta, pero guardó silencio. Desaprobaba las aventuras sexuales esporádicas con todos sus peligros y complicaciones inherentes. Pero lo sucedido la noche anterior parecía haberle aligerado un poco las ojeras a su sobrina nieta. Así que Charlotte dio su aprobación silenciosa a Mike Brennan.

—Y luego, después de cenar —continuó Zia—, cuando volvíamos a casa bajo la luz de la luna, me besó.

Gina soltó un largo silbido.

—Debió ser un buen beso.

—Lo fue. Créeme, lo fue.

—Entonces os acostasteis. ¿Y ahora qué pasa? —quiso saber Gina—. ¿Vais a volver a veros?

—Mike quiere, pero estamos en Navidad. Tiene obligaciones familiares, igual que yo. Y vuelvo a Nueva York el lunes, así que...

—¡Así que nada! Por mucho que te queramos, si decides ausentarte un par de horas lo entenderíamos. O un par de noches —añadió con sonrisa pícara.

—Gracias —dijo Zia—. Pero no tiene sentido que nos volvamos a ver. Él vive aquí en Texas y yo en Nueva York. Después...

—Después te quedarás en Estados Unidos —aseguró Gina con firmeza—. Tu familia vive aquí. Dom y Natalie, todos nosotros. Y estás recibiendo ofertas de hospitales infantiles de todo el país. ¿Quién sabe? Podrías terminar en Houston —añadió con los ojos brillantes—. Así que sí, deberías escaparte unas horas con él.

Para sorpresa de todas, fue la duquesa quien cerró el tema. Había captado la referencia de Zia respecto al futuro y vio su cara durante el discurso de Gina. Cruzó las manos sobre la cabeza del bastón y miró a su sobrina nieta a los ojos.

—Si algo he aprendido en mis ochenta y tantos años de vida, Anastazia, es que uno debe confiar en su instinto. Tú debes confiar en el tuyo.

Zia se dio cuenta de que lo sabía. Tal no vez no conocía los parámetros exactos de la decisión que tenía que tomar, pero estaba claro que la duquesa se había dado cuenta de que algo le pesaba en el corazón. Zia se inclinó hacia ella y le dio un beso en la mejilla arrugada.

—Gracias, tía. Lo haré.

Mike respondió al segundo tono de llamada. No intentó ocultar su satisfacción cuando Zia le dijo que le gustaría aprovechar su proposición de saber más sobre los programas de investigación de su empresa.

—Podría escaparme unas horas hoy si eso no se interpone con tus planes de Nochebuena.

—En absoluto. Estaba a punto de cerrar la casa de la playa y ponerme rumbo a Houston. Te recogeré.

—No hay problema. Tengo una flota de coches alquilados a mi disposición. Dime la dirección de tu oficina y una hora en la que podamos vernos.

Zia entró en el aparcamiento subterráneo del rascacielos de acero y cristal que albergaba las oficinas de

42

Global Shipping Incorporated un poco antes de las dos de la tarde. Siguiendo las instrucciones de Mike, encontró una de las plazas de garaje para invitados y tomó el ascensor hasta el vestíbulo de tres plantas dominado por un gigantesco árbol de Navidad. Zia se acercó al mostrador de seguridad.

El uniformado guardia le deseó feliz Navidad y comprobó su carné de identidad.

—Le diré al señor Brennan que está usted aquí —dijo tendiéndole el pase de visitante—. Tome el primer ascensor a la izquierda. La llevará directo a las oficinas de GSI.

El ascensor se abrió al llegar a una zona de recepción con una impresionante vista de los rascacielos de Houston. Un mapa electrónico del mundo ocupaba una pared entera con luces parpadeantes que señalaban los barcos de GSI en el mar. Zia abrió los ojos de par en par al ver la cantidad de puntos verdes y ámbar. La leyenda que había al lado del mapa indicaba que los puntos verdes eran buques de carga y los ámbar petroleros.

Estaba tratando de calcular el número total cuando Mike salió de su despacho acompañado con un hombre que seguramente sería su cuñado. Los dos llevaban vaqueros y camisas abiertas, pero las coincidencias acababan ahí. Mike era alto, de piel bronceada y ojos verdes; y el otro hombre tenía el pelo negro como el ala de un cuervo, bigote fino y una sonrisa preciosa.

—Hola, Zia —los hombres se le acercaron—. Este es Rafe Montoya, vicepresidente de sistemas de apoyo de GSI. El pobre está casado con mi hermana Kathleen.

—Encantado de conocerla, doctora St. Sebastian.

—Por favor, llámame Zia.

—De acuerdo —Rafe le estrechó la mano entre las suyas—. Toda la familia está todavía conmocionada por lo sucedido ayer con Davy. Te estamos profundamente agradecidos.

—Me alegro de haber estado allí.

—Bueno —Rafe le soltó la mano y fue al grano de la razón por la que se habían encontrado en el edificio casi vacío—. Tengo entendido que eres una experta en infecciones bacteriológicas.

—No soy ninguna experta, pero estoy recopilando información estadística sobre el creciente número de enfermedades infecciosas en niños recién nacidos.

—Una tendencia perturbadora, sin duda. Igual que la creciente incidencia de infecciones virales y bacteriológicas en las tripulaciones marinas. ¿Te gustaría ver algunos datos que hemos recopilado?

—Me encantaría.

—Tengo el ordenador en el despacho de Miguel.

—¿Miguel? —repitió Zia cuando Mike le hizo un gesto para entrar en su despacho.

—Miguel, Mick, Mickey, Mike, Michael. Me llamo de todas esas maneras —aseguró Mike de buen humor guiándola al interior de una oficina espaciosa y llena de luz—. He preparado café, pero también hay té, refrescos o agua si lo prefieres.

—El agua estaría muy bien, gracias.

—Buena decisión —comentó Montoya encendiendo el ordenador—. El café de Miguel tiene el sabor y la consistencia del agua de cloaca.

—Lo he probado esta mañana —respondió Zia riéndose—. Lo pongo a la misma altura que el brebaje que tomamos los residentes para mantenernos despiertos en los turnos de treinta y seis horas.

Montoya levantó una ceja, pero era demasiado educado para comentar la confesión de Zia de haber compartido café por la mañana con su cuñado. Tecleó unas claves en el ordenador.

—Como podrás imaginar, la salud de nuestras tripulaciones es una preocupación constante. La Organización Marítima Internacional, la OMI, ha ordenado unas directrices para antes de zarpar y unos exámenes periódicos para todos los miembros de las tripulaciones. Pero a pesar de ello hemos captado unas tendencias preocupantes en los últimos años. Parte de ello se debe a que los marineros viajan por diferentes partes del mundo y se exponen a infecciones diversas.

Montoya abrió el primer documento. La seriedad del título: Enfermedades infecciosas, llamó al instante la atención de Zia.

—GSI tiene una base con todos los asuntos médicos que impactan en nuestras tripulaciones, pero he sacado los datos que según Mike te podrían interesar especialmente.

Después del título venían una serie de gráficos sobre VIH, malaria, hepatitis y tuberculosis en relación con la media internacional. Como Montoya había comentado, las cifras eran muy altas.

—Aunque GSI está por debajo de la media marítima en todas las categorías, nos preocupa la tendencia mundial de aumento de malaria y tuberculosis. Por eso financiamos numerosos proyectos de investigación relacionados con esas enfermedades.

La siguiente pantalla mostraba una lista con cinco

estudios, la empresa o el instituto que los había llevado a cabo y el dinero con el que había contribuido GSI. La lista de ceros hizo que Zia parpadeara.

–Mike dice que estás especializada en el estafiloco-co –dijo Montoya–. También tenemos esos datos.

Zia se inclinó hacia la pantalla con sumo interés. Mostraba el número de casos de estafilococo por año y también por barco.

–Maldición –murmuró entre dientes–. Esto también va en aumento.

–Lamentablemente, sí. Es un bicho muy malo que cada vez se vuelve más resistente a los antibióticos. Por eso estamos interesados en los resultados de tu estudio –reconoció Montoya.

Asombrada, Zia iba a protestar diciendo que ella se había centrado solo en el controlado mundo de los neo-natos. No podía imaginar un ambiente más alejado de un carguero o un petrolero, pero entonces se detuvo a pensar un instante. Lo cierto era que el estafilococo crecía en hospitales, refugios, asilos, cuarteles y prisio-nes. Todos los lugares en los que la gente estaba con-finada y apretada. Las tripulaciones de los barcos sin duda entraban en aquella categoría.

–Estaré encantada de compartir mis averiguaciones por muy limitadas que sean.

Montoya y su cuñado intercambiaron una mirada.

–Mike mencionó la posibilidad de que pudieras expandir tu investigación –dijo Montoya–. En ese caso, GSI podría estar en posición de ayudar con un fondo.

Zia se quedó boquiabierta. Nunca habría imaginado que aquella cena informal con un desconocido pudiera llevarle a encontrar financiación para el estudio en profundidad del que le había hablado el doctor Wilbanks.

—¿De verdad?

—Sí. Tendríamos que ver una propuesta que incluyera todos los criterios necesarios, por supuesto —los enumeró—. Una valoración de los recursos necesarios, un presupuesto detallado para arrancar y otro aproximado para todo el proyecto, fichas biográficas de los componentes del equipo, etcétera.

—De acuerdo.

A Zia le daba vueltas la cabeza. Global Shipping Inc. había hecho diez veces más difícil su decisión de pasar de la medicina a la investigación. Hasta aquel momento, la posibilidad de participar en una investigación a gran escala con financiación había sido solo eso, una posibilidad. De pronto se había convertido en algo probable. Si escogía ir en aquella dirección.

—¿Podrías darme una copia de esos documentos?

Necesitaba estudiar los datos y pensar en la posibilidad de cruzarlos con su investigación.

—Claro.

Montoya pulsó una tecla del ordenador. La impresora que estaba detrás del escritorio de Mike se puso en marcha. Mientras él iba a recoger las copias, Montoya sacó una tarjeta del bolsillo de la camisa.

—Esta es mi tarjeta. Si por fin haces una propuesta, por favor házmela llegar cuanto antes. Estaré encantado de echarle un vistazo y apoyarla desde mi posición.

Zia asintió y se guardó la tarjeta en el bolso. Seguía dándole vueltas a la cabeza.

—Ahora, si me perdonas, será mejor que vuelva a casa de mi abuela antes de que los niños vuelvan loca a Kate –cerró el ordenador y se lo colocó debajo del brazo–. Encantado de conocerte, Zia. Mike me ha dicho que andas justa de tiempo, pero si puedes sacar una hora o dos más, sé que el resto de la familia también estará encantada de conocerte.

–Sobre todo la madre de Davy –intervino Mike–. Eileen me llamó justo antes de que llegaras con instrucciones precisas de llevarte a la casa si fuera posible.

–Bueno...

Zia consultó su reloj, sorprendida al ver que la reunión con Rafe Montoya había durado apenas cuarenta minutos. Sarah, Gina y Natalie no habían salido para ir de compras hasta casi las doce. Se habían llevado a las gemelas con ellas para dejar un poco tranquilas a Maria y a la duquesa. Zia sospechaba que ambas mujeres estarían en el balcón con los pies en alto echándose una siesta.

Los hombres habrían terminado ya para entonces la partida de golf, pero sin duda pasarían por el club antes de volver al apartamento. No había nada formal planeado hasta por la noche, cuando la familia seguiría la antigua costumbre húngara de celebrar Szent-este, una Nochebuena con villancicos y función navideña.

Cuando las gemelas se hubieran acostado, los adultos disfrutarían de un brindis navideño. Al día siguiente habría servicio religioso, el bufé en el restaurante del complejo y la fiesta de cumpleaños de las niñas más tarde. Si Zia iba a conocer a otros miembros de la familia Brennan, tenía que ser aquella tarde.

–Supongo que podría pasarme a hacer una breve visita –le dijo a Mike.

–Estupendo –él agarró el sombrero y se lo caló hasta las cejas–. Todo el mundo está reunido en casa de nuestra abuela. Está a pocos kilómetros de aquí.

–Te sigo.

Aquellos pocos kilómetros los sacaron del centro hacia lo que en el pasado fue sin duda un barrio obrero de pequeñas casitas de estuco.

Arbustos de adelfas rojas, rosas y blancas definían los jardines de entrada y los traseros. Unos olmos de más de cien años formaban un extenso toldo. Había un gran sabor hispánico en los carteles de las tiendas y en las iglesias, que tenían nombre como Nuestras Señora de Guadalupe o San Juan Diego. Mike giró hacia una calle flanqueada por árboles y se detuvo tras una fila de coches aparcados en medio de la manzana. Zia aparcó detrás y salió con cuidado de esquivar la bicicleta rosa que estaba tirada en medio de la acera.

–Debe ser de Teresa –dijo Mike apartando la bicicleta del camino–. Es la hermana de Davy y Kevin. Vamos por el patio. Es donde suele estar todo el mundo.

Mientras seguían el sinuoso camino, Zia admiró la reforma de lo que una vez fue una casa de estuco de una planta. La segunda planta, con fachada de piedra, proporcionaba espacio e interés arquitectónico, mientras que una galería acristalada extendía la primera planta.

–¿Tu abuela vive aquí sola?

–Hasta hace poco, sí. Mi hermana pequeña y su bebé recién nacido se han mudado mientras su marido está en Afganistán. Estamos negociando con mi abuela qué pasará cuando Maureen vuelva a su casa.

–¿Cuántos hermanos me dijiste que tenías?

–Tres hermanas y tres hermanos. Entre todos tienen quince hijos… por el momento. Y a juzgar por el ruido –añadió ladeando la cabeza al escuchar las risas y los gritos que salían de la parte de atrás de la casa–, están todos aquí.

A pesar de la advertencia, el ruido y la cantidad de gente que había en el jardín trasero hicieron que Zia parpadeara. Tres niñas entraban y salían de un castillo de plástico mientras otras dos y un niño pequeño daban uso a los columpios. Niños de varias edades estaban jugando al pilla pilla con dos perros ruidosos y felices. Uno de ellos era grande y de raza mestiza, y el otro el *terrier* que Zia recordaba del día anterior. Su dueño, Davy, no parecía sufrir ningún efecto de su episodio en el mar. Corría detrás de una copia casi exacta de sí mismo pero de mayor edad, que sin duda debía ser su hermano Kevin.

Otros miembros de la familia estaban reunidos alrededor de las mesas con tableros de cristal y las hamacas situadas bajo la pérgola decorada con faroles rojos y verdes. Los niños ocupaban una mesa y los adultos otra, y todos hacían mucho ruido. Se escuchaba música de villancicos que salía de una puerta con pantalla que debía dar a la cocina, supuso Zia aspirando el delicioso aroma a cerdo al horno y picante salsa de chipotle marinada.

Una de las mujeres que estaba en la mesa vio a los recién llegados. Se levantó de un salto de la silla y corrió hacia el césped.

–Mike me llamó para decirme que iba a pasarse por aquí, doctora Sebastian. ¡Gracias! –le dio un fuerte abrazo a Zia–. ¡Muchísimas gracias!

–Me alegro de haber estado en el momento y el lugar precisos.

–¡Yo también! Por cierto, me llamo Eileen. Eileen Rogers.

–Y este es su marido, Bill –Mike le presentó a otro de sus cuñados.

–Tiene usted también todo mi agradecimiento, doctora St. Sebastian. Desde el fondo de mi corazón.

–No hay de qué. Y por favor, llamadme Zia.

–Es el diminutivo de Anastazia, ¿verdad? –Eileen tomó del brazo a la rescatadora de su hijo–. Te busqué en Internet –admitió mientras llevaba a Zia con los demás–. Eres húngara, te graduaste en la facultad de medicina de Viena y estás a punto de acabar la residencia en el Monte Sinaí.

–Creo que Zia ya conoce su pedigrí –bromeó Mike a sus espaldas.

Eileen lo ignoró.

–También eres hermana del guapísimo gran duque de Karlenburgh, su cara estuvo saliendo en la prensa todo el año pasado. Kate, Maureen y yo babeábamos con su foto.

–Gracias –dijo su marido con un gemido burlón–. Es justo lo que los hombres mortales necesitamos oír.

Su comentario se perdió en un coro de gritos emocionados. Los niños, que serían unos quince, se habían dado cuenta de la llegada de gente nueva y pasaron entre Zia y Eileen como un maremoto.

–¡Tío Mickey! ¡Tío Mickey!

Lo inundaron. Literalmente. Se le colgaron de los brazos y le abrazaron las piernas. Mike pasó al lado de las dos mujeres como si fuera un cangrejo con niños colgando de las extremidades. Zia se rio, pero Eileen murmuró entre dientes:

—Maldita zorra.

Zia la miró asombrada.

—¿Perdona?

—Lo siento —la otra mujer se sonrojó—. No debería haber dicho eso. Es que... Mike es maravilloso con los niños. Sería un padre fantástico.

Zia sintió un repentino nudo en el estómago. Tenía la sensación de que sabía por dónde iba a ir aquello. Apretó los labios y se preparó para el golpe que Eileen Rogers soltó como un puñetazo.

—No debería airear los trapos sucios de la familia, pero... —la voz de Eileen se endureció—. Nos rompió el corazón que la zorra de su exmujer anunciara que no quería tener hijos. A Mike también se le rompió, pero él nunca lo admitirá.

Capítulo Cinco

Mike percibió el cambio en Zia. Las señales fueron sutiles: menos brillo en sus exóticos ojos, un poco de reserva en su respuesta a la apabullante bienvenida de su familia. No tendría que haberle sorprendido, teniendo en cuenta cuántos eran.

Sin embargo, le resultaba interesante estar tan conectado con los pequeños matices de aquella mujer después de solo una noche juntos. Hizo un esfuerzo por borrar de la mente las imágenes eróticas mientras la presentaba. Pero cada uno de sus movimientos captaba su atención. Cada vez que se colocaba un mechón de pelo detrás de la oreja o se inclinaba para escuchar algo que acababan de decirle, Mike sentía un tirón. Y cada tirón aumentaba su decisión de conocer a Anastazia St. Sebastian mucho mejor.

Zia había saludado a Davy y a su terrier antes de que Mike le presentara a sus padres. Vio que se relajaba un poco ante lo cariñoso del recibimiento. Sería difícil no relajarse alrededor de Eleanor y Mike Brennan, ya que eran las personas menos pretenciosas y más genuinas del planeta. Y además, Zia había rescatado a su nieto de las traicioneras aguas del Golfo. Aquello la colocaba en lo alto de la lista de sus personas favoritas.

Mike, que tenía unos ojos verdes como los que

habían heredado seis de sus siete hijos, sonrió agradecido.

—Cualquier cosa que necesites no tienes más que decirlo. Si hay algo que Mike no pueda hacer por ti, Eleanor y yo estaremos encantados de hacerlo.

Zia se sintió un poco abrumada por la oferta.

—Gracias.

También conectó con la hermana mediana de Mike. No era de extrañar, ya que las dos mujeres compartían un lazo común. Con su hija de nueve meses en la cadera, Kate le contó:

—No sé si Mickey te ha dicho que soy enfermera de cirugía cardiovascular en el hospital San Lucas, aquí en Houston.

—Mencionó que eras enfermera, pero no la especialidad. Cardiología es muy duro.

—Puede llegar a serlo —admitió Kate—. Mi marido, Rafe, dijo que estás llevando a cabo una investigación sobre el estafilococo. Me encantaría sentarme contigo y hablar del tema en algún momento. Tal vez podamos quedar a comer después de la locura de las vacaciones de Navidad.

—Ojalá. Pero pasado mañana vuelvo a Nueva York.

—Qué lástima —la miró fijamente—. Mi hermano no había mostrado ningún interés por las mujeres que Eileen y yo le hemos presentado en los últimos tres años. Al menos no el suficiente como para traerlas a casa a conocer a la familia. Está claro que tú le has impresionado.

—Está claro que sí —la hermana menor de Mike se unió al grupo. Como Kate y la mayoría de los hermanos Brennan, Maureen había heredado los brillantes ojos verdes de su padre, pero su pelo rojo era mucho más brillante que el de los demás.

Incómoda con el giro que había dado la conversación, Zia sonrió y trató de redirigirla.

—Tengo entendido que tu marido está en el ejército.

—Así es. En el de Tierra, aunque Colin y Mickey intentaron que ingresara en la Marina.

—Colin es el más odioso de mis hermanos –le advirtió Mike con una sonrisa mientras la guiaba hacia los hombros–. Justo después de Sean y Dennis.

Le presentó al resto del clan. Hermanos, cuñadas, niños, a todos antes de que la llevara a conocer a la matriarca.

Consuelo Brennan tenía la piel lisa y unos ojos negros y calmados que no casaban con su edad. Según Mike, su abuela exudaba todavía el aura de belleza serena que había cautivado a su rudo abuelo irlandés tantos años atrás.

—Así que tú eres la que salvó a nuestro pequeño Davy –sostuvo el rostro de Zia entre sus manos–. Esta mañana he encendido una vela para darle las gracias a Dios por haberte traído a nuestras vidas. Encenderé una cada día durante un año.

—Yo… gracias.

—Y ahora creo que deberías sentarte aquí con Eleanor y conmigo y hablarnos de tu país. Miguel dice que eres de Hungría. Debo confesar que sé muy poco de ese lugar.

Zia charló con Consuelo y con Eleanor Brennan durante más de veinte minutos. Suegra y nuera eran muy distintas en edad e intereses, pero compartían una absoluta devoción la una por la otra y por sus familias.

En cualquier otra circunstancia, Zia habría disfrutado mucho conociéndolas mejor.

Pero no podía evitar mirar de vez en cuando a Mike de reojo, verle interactuar con sus hermanos y cuñados. También se dio cuenta de que sus sobrinos le adoraban: Mike Brennan sería un padre fantástico.

La idea le atravesó el corazón a Zia como un cuchillo. Se sacudió aquel dolor tan familiar mientras se despedía de todo el mundo y les deseaba feliz Navidad, pero seguía allí, profundamente clavado cuando Mike la acompañó al coche.

–Tienes una familia maravillosa –dijo sonriendo para disimular la tristeza–. Creía que la mía era grande y llena de vida, pero la tuya se lleva la palma.

–Ellos hacen que la vida sea interesante.

Zia sacó las llaves del coche alquilado y abrió con el mando, pero Mike se colocó entre la puerta y ella.

–Quiero volverte a ver, Zia. ¿Seguro que no puedes escaparte otra vez esta noche o mañana?

Ella quería hacerlo. Dios, cuánto deseaba hacerlo. Con Mike tan cerca, su sonrisa, su cuerpo casi rozando el suyo, en lo único en que podía pensar era en cómo le acariciaron sus manos. Cómo la había besado, seduciéndola y atormentándola. Cómo se había entregado ella a aquel hombre en una sola noche.

Tenía la sospecha de que podría enamorarse de él. Era inteligente, guapo, divertido, sencillo y entregado a la familia… que era lo único que ella no podía darle.

–Lo siento, Mike. Necesito pasar la noche con mi familia. Y mañana no solo es Navidad, también es el cumpleaños de las gemelas. Gina quiere celebrarlo a lo grande, así que…

Mike le puso un dedo en los labios.

—Déjamelo a mí. Encontraré la manera.

No si ella no contestaba al teléfono ni le devolvía las llamadas. Zia trató de convencerse de que era mejor cortar la cuerda ahora, antes de que fueran más lejos, y sacudió la cabeza.

—Será mejor que nos despidamos ahora.

Mike parecía dispuesto a rebatir aquel punto, pero se encogió de hombros.

—De acuerdo.

Se inclinó y le rozó los labios con los suyos. La primera parte fue ligera, amistosa. La segunda le aceleró el corazón.

—Adiós, Zia. Por ahora.

No la llamó para insistir. Aunque Zia había tomado la decisión de poner fin a la situación antes de que empezara de verdad, tenía que admitir que estaba sorprendida. Y tal vez un poco molesta.

Se pasó la Nochebuena disfrutando de la emoción de las gemelas ante la llegada de Santa. La noche tenía muchas tradiciones, antiguas y nuevas. Con su genialidad a la hora de organizar fiestas, Gina los dejó a todos impactados. El árbol, los villancicos, las guirnaldas de papel en las ventanas, los calcetines colgados de la repisa de la chimenea, las velas blancas que proporcionaban el calor suficiente para hacer girar el carrusel navideño de cinco ruedas, un recordatorio de las raíces austríacas de la duquesa.

También celebraran la parte húngara de los St. Sebastian. Zia y Natalie pasaron una hora en la cocina preparando *kiffles*, las galletas tradicionales húngaras hechas con queso. El punto fuerte de la velada era la función navideña dirigida por Zia y Dom. Aquella tradición se remontaba a siglos atrás, cuando los niños se vestían como personajes del belén y hacían una representación casa por casa.

La tradición había pasado por muchas transformaciones a lo largo de los siglos. Ahora la mayoría de las funciones se hacían en la iglesia o en el colegio, así que Dom y Zia tuvieron que improvisar los disfraces y darles varios papeles a los adultos. Pero a las gemelas les encantó la obra. Tanto que todo el mundo estaba agotado cuando Gina y Jack por fin las acostaron.

A la mañana siguiente, las emocionadas gemelas despertaron a todo el mundo antes de las siete, el perro incluido. Gina y Jack estaban empeñados en que vivieran toda la emoción del día de Navidad, así que la celebración de su cumpleaños no sería hasta última hora de la tarde… un hecho que Mike Brennan aprovechó muy bien.

La llamada llegó después de que la familia volviera de la iglesia y entrara en el elegante restaurante del complejo para disfrutar del bufé navideño. Estaban esperando a que les dieran mesa cuando sonó el móvil de Dev. Miró quién llamaba y le dirigió una mirada a Zia antes de contestar.

–Hola, Brennan, ¿qué tal? –escuchó un instante, y luego levantó una ceja–. Sí, está aquí mismo.

Para sorpresa de todos, le pasó el móvil a Gina en lugar de a Zia. Ella lo agarró sorprendida.

–Hola, Mike. Sobre las cuatro –dijo tras una breve pausa.

Otra pausa, esta vez remarcada por una gran sonrisa.

–¡A las gemelas les encantaría! Si no te causa demasiados problemas, por supuesto que sí. ¡Estupendo! Nos vemos allí entonces.

Siguió sonriendo, colgó y se dirigió hacia aquel batallón de rostros expectantes, mirando sobre todo a Zia.

–Qué detalle tan bonito que le dijeras a Mike que no podías saltarte el cumpleaños de las niñas para volver a verle.

–Yo… bueno…

–Así que va a venir a la fiesta –afirmó con alegría–. Con una piñata, un poni y media docena de niños, sus sobrinos, que tienen más o menos la edad de las niñas.

Zia se la quedó mirando con la boca abierta y dejó que fuera el padre de las gemelas quien preguntara cómo iban a meter un poni en el apartamento.

–Mike ha sugerido que celebremos la fiesta en la zona de juegos. Ya ha hablado con el director del complejo. El área es nuestra durante la celebración –se agachó para mirar a las niñas–. ¿Qué me decís, chicas? ¿Queréis montar en poni y tener una piñata en vuestra fiesta?

Amalia empezó a dar saltos y a aplaudir con entusiasmo.

–¡Sí!

Con los ojos muy abiertos, Charlotte se vio obligada a preguntar:

–¿Qué es una piñata?

***

A las seis y media de aquella tarde, el temor de Zia a enamorarse de Mike Brennan se había convertido en una sólida realidad. Nunca había conocido a un hombre al que se le dieran tan bien los niños. Niños que ella nunca podría darle, se recordó con una punzada de dolor.

Y entonces, cuando el último niño se marchó con sus padres y la familia de Zia regresó al apartamento, solo quedó ella. Y él.

—Gracias —le dijo Zia—. Has hecho que este día sea muy especial para las gemelas. Para todos nosotros.

—No ha terminado todavía —Mike señaló con la cabeza las olas que rompían suavemente en orilla vacía—. ¿Damos un paseo?

En la mente analítica de Zia surgió una lista de razones por las que no debería dejar que aquel hombre se adentrara más profundamente en su corazón. Pero con igual rapidez surgieron los mismos argumentos del día anterior. Se marchaba al día siguiente. Volvía al frío y la nieve de Nueva York. Seguramente no volvería a verle. ¿Por qué no aprovechar al máximo aquellas horas robadas?

—Claro.

Mientras trazaban un sendero de huellas sobre la arena húmeda, Mike le tomó una mano y mantuvo un tono de voz natural mientras intercambiaban historias de su infancia y de Navidades pasadas. Una deliciosa y tirante tensión comenzó a formársele en la boca del estómago a Zia. Cuando llegaron a la silueta azul turquesa que se alzaba sobre las dunas frente a ellos, ya se había convertido en un nudo de deseo.

—Debes estar cansada —dijo Mike mientras se acercaban a la casa de la playa—, pero no quiero que termine el día. ¿Qué te parece si nos tomamos algo?

—Me parece fenomenal.

Mike había cerrado las persianas después de que Zia se marchara el día anterior por la mañana. No se filtraba ninguna luz por las ventanas cuando tomaron el camino que atravesaba las dunas y subieron la escalera en zigzag. Una vez dentro de la casa, Zia aspiró el ligero aroma a humedad. Mike se apresuró a abrir las persianas que protegían la puerta del balcón y las abrió para dejar entrar la brisa marina.

—¿Quieres un café o algo más fuerte?

—No te ofendas, pero tu café debería estar en la lista de las sustancias corrosivas.

—Es verdad —Mike sonrió—. Pero resulta irónico que me lo diga la mujer cuya tía abuela sirve *pálinka* a los invitados incautos.

—Intenté avisarte.

—Sí, es verdad. Creo que tengo un brandi menos explosivo.

Charlaron relajadamente, el Courvoisier que Mike sirvió en dos copas era muy suave. Y con cada sorbo, el deseo de tocarle se volvía más intenso. Zia se resistió, decidida a estirar al máximo el tiempo que tenían para estar juntos, y sacó la copa al balcón, apoyándose en la barandilla mientras disfrutaba de la vista del mar y del cielo púrpura que cubría el golfo.

–¿Sabes que el CMN va a implantar un sistema para que los marineros puedan renovar sus credenciales desde cualquier punto con conexión a Internet del mundo? –preguntó Mike colocando los codos en la barandilla al lado de los suyos.

Zia se giró para mirarle sin saber a qué venía aquel comentario.

–¿CMN?

–El Centro Marítimo Nacional.

Ella seguía sin entender dónde quería llegar, sobre todo porque la creciente oscuridad estaba pintando de sombras el rostro de Mike.

–El CMN va a presentar el programa en una reunión que se celebrará en Nueva York. No pensaba ir, pero ahora estoy pensando en asistir. No es que esté buscando una excusa para verte –bromeó.

Zia no esperaba el repentino escalofrío de emoción que sintió ante la perspectiva de volver a verle. Tuvo que hacer un gran esfuerzo para acallarlo.

–He disfrutado del tiempo que hemos pasado juntos, Mike, aunque haya sido breve. Pero… –dejó escapar un suspiro–, no creo que sea buena idea alimentarlo.

–Qué curioso, porque yo creo que es una idea excelente.

Zia tenía una docena de excusas que podía haber utilizado. Estaba supervisando a cuatro residentes, organizando reuniones de equipo, examinando pacientes, haciendo informes… y todo eso a menos de dos semanas de presentar los resultados de su estudio de investigación. También tenía que darle una respuesta al doctor Wilbanks cuando volviera a Nueva York.

Pero lidiar con pacientes y con sus angustiados parientes le había enseñado a Zia a ser sincera. Solía suavizar una verdad dura con simpatía, pero a veces la brusquedad no podía evitarse. Esta era una de esas veces.

–Me gustas, Mike. Demasiado como para permitir que a alguno de los dos se nos vaya la cabeza.

–Vale, esto me lo vas a tener que explicar mejor.

–La otra noche te hablé durante la cena de ese viaje de esquí a Eslovenia que terminó en desastre.

Ahora fue Mike el que puso cara de no saber adónde llevaba aquella conversación.

–Me acuerdo.

–Ayer te vi con tu familia. Y hoy con la mía. Se te dan muy bien los niños –aspiró con fuerza el aire–. No tienes por qué tener una relación con ninguna mujer... con ninguna otra mujer que no te los vaya a dar.

–¡Diablos! ¿Cuál de mis queridas hermanas te ha contado...? –sacudió la cabeza con exasperación–. Da igual. Lo que importa es que todavía nos queda tramo antes de que se nos vaya la cabeza.

–Por eso digo que es mejor que lo dejemos ahora, antes de que alguno de los dos salga herido.

Mike inclinó la cabeza y la observó bajo el creciente anochecer. Zia no podía verle la expresión de los ojos, solo cómo fruncía los labios.

–¿Qué te parece si hacemos un trato? –sugirió él tras un largo instante–. Si llego a la etapa de resultar herido te lo digo, y tú a mí también.

Ella le había advertido. Le había dejado muy claro que lo suyo podría llegar a ir en serio. Así que...

–De acuerdo. Acepto el trato –le pasó una mano por el cuello y lo atrajo hacia sí–. Y para sellarlo...

Mike tuvo cuidado para no permitir que su rápido y visceral triunfo tiñera el beso. No había mentido. Todavía le quedaba trecho para perder la cabeza. Pero navegaba en aquella dirección y no tenía intención de cambiar de rumbo. Zia St. Sebastian le fascinaba y le excitaba como ninguna mujer lo había hecho desde hacía mucho, mucho tiempo.

Cuando la noche anterior le reveló en el restaurante que no podía tener hijos le había hecho dudar durante diez, tal vez quince segundos. También le trajo a la memoria recuerdos amargos.

Pero Zia no era Jill. Ambas mujeres parecían ser de planetas distintos. Y en aquel momento, lo único que Mike quería era disfrutar de aquellas diferencias. Como el modo en que la boca de Zia se plegaba a la suya sin pretensiones y sin fingir que había que obligarla. La sensación de su cuerpo delgado contra el suyo, tan perfecto que no tenía que inclinarse ni girarse para sentir sus caderas. El olor a limón del champú, el toque de brandi de sus labios, el modo en que la piel de su espalda se calentó bajo sus dedos cuando le levantó la blusa. Cada caricia, cada señal de los sentidos que le recorría los nervios hacían que la deseara más.

Contuvo el deseo de sacarle la blusa por la cabeza y desnudarla. Pero lo que sí hizo fue abrazarla por la cintura y apoyarla contra la barandilla. El movimiento le dio acceso a la parte inferior de su barbilla.

—¿Sabes que eres una mujer difícil de complacer? —murmuró Mike mordisqueándole suavemente la piel—. He tenido que llamar a una docena de establos antes de encontrar a alguien que pudiera traer un poni esta tarde.

–Eso fue idea tuya, no mía –le recordó ella pasándole los dedos por el pelo–. E innecesaria. La piñata y los niños eran más que suficientes. Pero te agradezco las molestias que te has tomado.

–Bueno, ya que lo mencionas, tienes muchas maneras de demostrarme tu agradecimiento…

A Zia le brillaron los ojos.

–¿Qué tienes en mente, vaquero?

Él entornó los suyos.

–¿A qué hora sale tu vuelo mañana?

–A las once y veinte.

–¿Y cuánto tiempo tardas en hacer la maleta?

–Treinta minutos, quizá menos. ¿Por qué?

Mike le puso las manos en las caderas y fingió hacer unos cálculos mentales.

–De acuerdo, según mis cuentas tenemos quince horas y media. Debería bastar para desplegar todo mi repertorio de movimientos y enviarte de regreso a Nueva York siendo una mujer feliz.

–¡Dios mío! –ella soltó una carcajada–. Si estamos quince horas y media repasando tu repertorio no seré capaz de andar, y mucho menos de subirme a un avión.

Aquella era precisamente la idea. Mike la tomó en brazos.

–Será mejor que llames al apartamento.

–¿Te preocupa lo que pueda pensar Dom?

–Me preocupa más lo que pueda hacer –admitió–. Que es seguramente lo mismo que yo haría si alguna de mis hermanas pasara quince horas en la actividad que tengo pensada para ti, doctora.

Capítulo Seis

Zia durmió todo el vuelo entre Houston y Nueva York. No era de extrañar, ya que Mike había cumplido su promesa y la había mantenido ocupada durante un impresionante periodo de su encuentro robado.

Cuando salió a la terminal, el aire helado la golpeó en la cara como una bofetada. Por suerte se había llevado el abrigo en el avión, y ahora se protegió con él mientras esperaba en la cola del taxi. Pero le temblaban las piernas por el frío y le moqueaba la nariz cuando entró en el coche. Tras una semana de playas soleadas y días de calor, el feo gris del cielo tendría que haber supuesto un choque. Pero mientras el taxi la llevaba hacia West Side, el bullicio y el ruido de su ciudad de adopción se apoderaron de ella. Le encantaba su ritmo frenético, la diversidad cultural, la mezcla. Por supuesto, su percepción quedaba teñida por el hecho de que ahora vivía en uno de los edificios de apartamentos más famosos de la ciudad.

Cuando el taxi se detuvo en el edificio Dakota, Zia no pudo evitar pensar en lo mucho que le recordaba aquel edificio victoriano a su Budapest natal. Charlotte St. Sebastian había comprado su apartamento de siete habitaciones situado en la quinta planta tras una odisea que incluía su huida de los soviéticos y breves estancias en Viena y en París. Su título y las joyas que convirtió en dinero le habían granjeado la aceptación en aquel exclusivo enclave en el que habían vivido celebridades como Judy Garland, Rudolph Nureyev, Leonard Bernstein, Bono y John Lennon, que fue trágicamente asesinado a escasos pasos de la entrada principal.

Zia sabía que la duquesa había estado a punto de verse obligada a vender su apartamento no hacía mucho. Aquella casa y su decisión de educar a sus nietas en la forma que ella consideraba apropiada a su linaje la habían dejado sin recursos. Unas malas inversiones por parte de su consejero financiero habían agotado casi todo lo que quedaba.

Cuando Sarah se casó con su guapo y multimillonario marido, sabía que no podía ofrecerse a pagar las cuentas de su abuela. El orgullo de la duquesa nunca se lo permitiría. Pero Charlotte había permitido que Dev invirtiera lo poco que quedaba de sus ahorros en varias aventuras empresariales de éxito. Y el marido de Gina, Jack, había participado en la seguridad financiera de la duquesa invirtiendo en acciones que habían subido. Charlotte podría vivir ahora de forma lujosa el resto de su vida.

–Buenos días, doctora –la saludó Jerome, el portero del edificio, sosteniéndole la puerta para que entrara–. ¿Qué tal las Navidades?

–Estupendas.

–Me alegro mucho. Y si me permites la osadía, me atrevo a decir que me alegro de volver a verte sonreír –dijo Jerome acompañándola a los ascensores.

–¿Tan malhumorada estaba antes? –preguntó Zia asombrada.

–No, pero cansada sí. Y un poco atribulada –contestó el hombre con amabilidad.

¿Tan transparente era?

–Lo disimulas bien –continuó el portero–, pero te conozco. ¿Encontraste en Texas la solución a lo que te preocupaba? –le preguntó escudriñándole el rostro.

Zia no tenía muy claro de qué modo aquellas horas robadas con Mike habían logrado aligerar el peso de la decisión que todavía pendía sobre ella como la espada de Damocles, pero así había sido. Sin ninguna duda.

–Tal vez la solución no –dijo mientras veía cómo se abría la puerta del ascensor–. Pero sí un antídoto muy potente.

Zia sostuvo la puerta con una mano, agarró la maleta con la otra y le dio un beso al portero en la mejilla.

–Solo para que lo sepas –añadió–. El antídoto tiene pensado venir a Nueva York la próxima semana. Se llama Brennan. Michael Brennan.

–Me aseguraré de llamar al apartamento en cuanto el señor Brennan llegue –respondió Jerome con un guiño de ojos.

Aquello era extraño, pensó Zia al abrir la puerta que daba entrada al vestíbulo de cerámica blanca y negra. Todavía tenía que enfrentarse a una decisión crucial. Pero ahora, optar por la investigación en lugar de por la medicina de campo no le parecía una traición tan grande. La posibilidad de conseguir una financiación sustancial de GSI para impulsar esa investigación le había dado ánimos. Podía formar parte de un equipo que buscaba las fuentes de infecciones mortales. Reducir riesgos para los pacientes de hospitales. Salvar vidas.

Pero primero tenía que redactar la propuesta que Rafe Montoya le había pedido. Se pondría manos a la obra, decidió, dejando la maleta en el dormitorio antes de ir al baño. Justo después de remojarse lo suficiente para calmar el dolor de cadera, muslo y gemelos. Mike Brennan, reconoció con una sonrisa, le había dado una lección de anatomía que nada tenía que ver con lo que había aprendido en la facultad de medicina.

Zia estaba en el hospital a la mañana siguiente temprano. Los residentes que habían trabajado durante las Navidades recibieron su regreso con alivio.

—Espero que hayas descansado y estés lista para trabajar —le advirtió Don Carter. Felizmente casado y completamente estresado, estaba deseando quitarse el estetoscopio para irse a esquiar a Vermont en Año Nuevo—. Hemos estado agobiados con el pico habitual de ataques al corazón y fallos respiratorios.

Zia asintió. Al contrario de la creencia popular, el aumento de muertes en vacaciones no se debía al exceso de consumo de sustancia, homicidios familiares o suicidios por depresión. Ella sabía ahora que había otras causas en juego. Una de las principales era que la gente que se ponía mala retrasaba la visita al hospital porque preferían quedarse en casa con su familia en Nochebuena y Año Nuevo.

Así que en Navidades todo el personal andaba siempre ocupado. Zia volvió rápidamente al frenético esquema de reuniones matinales de equipo, pacientes, informes y supervisión de los internos. Tras terminar su turno de aquel día, Zia cruzó el pasillo que conectaba el hospital infantil con la torre que albergaba el centro de investigación médica. Como responsables de aquellas instalaciones famosas en el mundo entero, el doctor Wilbanks y su equipo ocupaban una planta de despachos que daban a Central Park. Zia confirmó su cita con la recepcionista y se quedó al lado del ventanal admirando el paisaje. Desde aquella altura, el suelo congelado y las ramas desnudas de los árboles eran una sinfonía de blancos y grises helados.

El sonido del intercomunicador la devolvió al momento en el que estaba. La recepcionista escuchó durante un instante y luego asintió con la cabeza mirando a Zia.

—El doctor Wilbanks la recibirá ahora.

La altura de Roger Wilbanks casaba con su reputación en el mundo de la investigación pediátrica. Alto, de pelo blanco y muy delgado, saludó a Zia con una intensidad que le resultó halagadora y al mismo tiempo intimidatoria.

—Espero que hayas venido a decirme que has decidido unirte a nuestro equipo, doctora St. Sebastian.

—Sí, señor, así es.

En cuanto aquellas palabras salieron de su boca, Zia sintió que se liberaba de un enorme peso. Aquello era lo mejor para ella. En el fondo lo sabía desde hacía meses pero no había sido capaz de sacudirse la sensación de estar abandonando a los pacientes más indefensos y desprotegidos.

Pero ahora aquella sensación había desaparecido. En parte se debía a la valoración que el doctor Wilbanks había hecho de su investigación inicial. Y en parte se debía también a Mike Brennan. Él le había despertado el interés por un mundo que iba más allá de la medicina pediátrica. Zia estaba a años luz de expandir su investigación a las tripulaciones de barcos y a la población de presos, pero Mike le había abierto una ventana que daba una nueva y emocionante dimensión a la atmósfera estéril del laboratorio.

La posibilidad de que GSI pudiera contribuir con la investigación despertó también el interés del doctor Wilbanks.

–¿Global Shipping Incorporated? –repitió alzando las cejas sobre las gafas sin montura–. ¿Han sugerido que podrían financiar un estudio sobre las infecciones hospitalarias de los recién nacidos?

–Están interesados en cualquier investigación que ubique fuentes de infección. Al parecer, el estafilococo es un problema mucho mayor en el mundo marítimo que en los hospitales.

El doctor Wilbanks frunció el ceño cuando Zia le pasó las copias que Rafe Montoya había imprimido para ella. Incluida la lista de estudios que GSI había financiado.

–¿Cuándo presentas tu investigación actual en la facultad? –le preguntó él.

–La segunda semana de enero. Todavía no tengo fecha ni hora, pero…

–Yo me ocuparé de eso. Mientras tanto, tienes que ponerte manos a la obra y elaborar una propuesta para hacer un estudio más amplio. Te asignaré a uno de los asistentes de investigación para que te ayude. También tienes que hablar con alguien de la oficina de auditoría. Desgraciadamente, solicitar y recibir fondos se ha convertido en un proceso complejo. Tan complejo que muchas veces utilizamos los servicios de consultorías. La oficina de auditoría te ayudará. Mientras tanto, puedes considerar tu trabajo como una asignatura optativa y completar tu residencia como estaba previsto.

El doctor Wilbanks se apartó del escritorio y lo rodeó para ponerle una mano en el hombro con gesto amigable.

—No necesito decirte que la investigación es el corazón y el alma de la medicina, doctora St. Sebastian. Tal vez la gente considere a Albert Sabin y Jonas Salk como los héroes que acabaron con la polio, pero esos prominentes científicos no habrían podido desarrollar sus vacunas sin el trabajo realizado por John Enders en el Hospital Infantil de Boston. Si Dios quiere, nuestra investigación sobre la genética molecular de las enfermedades cardíacas, la influencia de los herpes y la creciente incidencia del estafilococo en los recién nacidos nos lleve a resultados igual de profundos.

Zia no podría haber aspirado a unas palabras más motivadoras ni un mayor apoyo a su cambio a la investigación a tiempo completo. Animada por la creciente certeza de que había tomado la decisión adecuada, cambió el turno con otro residente para poder cenar con Natalie y Dom la noche que llegaron desde Texas.

Habían regresado una semana antes que la duquesa y Maria. Las celebraciones de Año Nuevo habían terminado, la nieve se había convertido en agua sucia y la ciudad se estremecía bajo un frío ártico. Encorvada para protegerse del frío, Zia tomó un taxi para ir a su casa, que estaba a menos de una manzana de la sede de Naciones Unidas, donde Dom estaba todavía tratando de ajustarse a su misión como agregado cultural.

El apartamento del décimo piso tenía muchas habitaciones y unas vistas impresionantes a los rascacielos de Manhattan. Y además estaba muy cerca del parque en el que Natalie y su perro salían a correr dos veces al día.

Precisamente estaban volviendo de su tiempo de ejercicio cuando Zia salió del taxi. Natalie la saludó con un abrazo y una sonrisa.

–Me sorprendió mucho y me encantó que nos llamaras para decirnos que vas a pasarte a la investigación pediátrica –le dijo su cuñada–. Espero que tu ocupación te dé tantas satisfacciones como a mí la mía.

–Eso espero yo también. ¿Cómo ha reaccionado Dom a la noticia de que voy a dejar la práctica de la medicina? –tenía que preguntarlo.

–Zia, tu hermano quiere que hagas lo que tú quieras –le brillaron los ojos de alegría–. Si quisieras bailar desnuda en Broadway, Dom aplastaría a cualquiera que se atreviera a mirarte de reojo. Y hablando de bailar desnuda...

Natalie pulsó el botón del ascensor y se dio la vuelta lentamente para desenroscar la correa que se le había enredado en las piernas.

–Mike Brennan pasó por el complejo antes de que nos fuéramos. Dijo que quería hablar con Dev sobre una flota de nuevos cargueros que está pensando en comprar su empresa. Pero Dom y él pasaron un rato en el balcón mano a mano.

Aquello era nuevo para Zia. Mike y ella se habían

mandado varios mensajes. Eran textos cortos y poco significativos, pero se las habían arreglado para dejar claro sin decirlo que ambos querían retomar las cosas donde las dejaron.

Pero ninguno de los mensajes de Mike mencionó un mano a mano con su hermano.

–¿Y cómo fue la cosa? ¿Hubo derramamiento de sangre? ¿Algún herido?

–Digamos que tu hermano no se comportó como un cosaco. Y por cierto –dijo Natalie con naturalidad cuando llegó el ascensor y el perro la arrastró dentro–. Esperamos que traigas a Mike a cenar cuando venga a Nueva York a asistir a esa conferencia.

–¿Cómo sabes que…? –Zia se rio y se metió en el ascensor con su cuñada y el perro–. Da igual.

Las dos mujeres intercambiaron una sonrisa. Tal vez Dominic St. Sebastian hubiera dejado atrás sus días de agente secreto, pero seguía teniendo relación con el negocio.

Zia no contaba los días que faltaban para que Mike apareciera en Nueva York. Estaba demasiado ocupada con las rondas, los internos y preparando la presentación de su estudio sobre el estafilococo en la facultad y ante sus compañeros de residencia. Entre tanto, robaba el tiempo que podía para trabajar en la propuesta de un estudio mayor.

Siguiendo las instrucciones del doctor Wilbanks, utilizó las pautas del Instituto Nacional de Salud para esbozar la propuesta. El primer paso fue describir el proyecto de investigación y lo que pretendía conseguir.

Después de eso entrevistó a posibles candidatos para el equipo y presentó sus credenciales al doctor Wilbanks para que diera su aprobación. Una vez formado el equipo, Zia utilizó la experiencia colectiva para pulir los objetivos y definir los recursos necesarios. También diseñaron un presupuesto para el estudio. El concepto «un millón doscientos mil dólares» hizo tragar saliva a Zia.

La auditora también tragó saliva. Era una mujer nerviosa de pelo canoso que tenía muchos diplomas colgados en la pared de su despacho. Y se vio obligada a darle a Zia una charla sobre subvenciones.

—Estoy segura de que comprende que tenemos que ser muy cuidadosos, doctora St. Sebastian. Sobre todo con un subvención de la cantidad que está solicitando. Me alegra decir que en el Monte Sinaí tenemos una reputación excelente, pero recientes auditorías del Instituto Nacional de Salud han revelado gastos sin justificar e incluso fraudes en otras instituciones.

—Por esto estoy aquí, señora Horton. Quiero asegurarme de que lo hagamos todo de forma legal.

—Bien, bien —la auditora volvió a mirar las cifras del presupuesto solicitado—. Dudo que consiga la mitad de lo que está pidiendo.

Vaciló un instante y apretó los labios.

—Utilizamos los servicios de dos excelentes consultorías especializadas en conseguir donaciones económicas. Le daré la información de contacto de ambas, pero con la crisis… —sacudió la cabeza con gesto pesimista.

Zia se planteó si contarle lo de su contacto con GSI. Pero decidió esperar a que se aprobara el estudio.

Seguía teniendo el dinero en la cabeza cuando salió del metro en Broadway poco después de las siete en punto. El frente de frío ártico por fin se había disuelto, pero el aire seguía siendo tan frío como para que Zia bajara la cabeza y encogiera los hombros mientras se apresuraba a cruzar las dos manzanas hasta el Dakota.

Jerome terminaba su turno a las seis. El portero de noche, cuyo nombre Zia no lograba recordar, la interceptó cuando iba camino a los ascensores.

—Disculpe, doctora. Un mensajero ha traído esto para usted hace un rato.

Zia le dio las gracias y se quedó mirando el sobre blanco que le había dado. Fuera solo ponía su nombre. Y dentro, descubrió con una sonrisa, había un vale por un paseo en coche de caballos por Central Park, canjeable aquella noche o al día siguiente. Se le aceleró el pulso y marcó el número de Mike.

—¿Cuándo llegaste?

—Hace un par de horas.

—¿Por qué no me has llamado?

—Sabía que estabas trabajando. Bueno, entonces, ¿te apetece dar una vuelta en coche de caballos?

—¡Hace muchísimo frío!

—Yo te mantendré caliente.

La promesa susurrada le provocó un escalofrío de placer en la espalda a Zia. Trató de recordar si había visto algún coche de caballos cuando salió a toda prisa del metro. El nuevo alcalde había prometido prohibirlos por seguridad vial y por un asunto de protección animal. Zia creía que la prohibición no había entrado todavía en vigor, pero no recordaba haber visto ningún coche de caballos en la calle.

–¿Por qué no decidimos qué hacer cuando llegues aquí?

–Me parece bien. Tomaré un taxi. Te veo ahora.

–¡Espera! ¿Cuándo es ahora?

Demasiado tarde. Mike ya había colgado. Zia volvió a dirigirse al ascensor y abrió con la llave la puerta del apartamento de la duquesa rezando en silencio para poder tener tiempo de darse una ducha y hacerse algo en el pelo.

No lo tuvo. El telefonillo sonó cuando se estaba enjabonando. Casi no lo oyó con el ruido de la ducha.

Agarró una toalla, pero dejó un sendero de huellas de pie mojadas cuando salió a toda prisa del baño para contestar al telefonillo.

–Si es el señor Brennan, dígale que suba.

–Sí, señora.

De regreso en el dormitorio, abrió la puerta del armario. Estaba buscando los cómodos pantalones de chándal que se ponía todas las noches, pero se detuvo a medio camino. Cuando abrió la puerta de entrada unos minutos más tarde solo llevaba puestas una toalla y una sonrisa.

Por su parte, Mike llevaba guantes de piel, un abrigo de cachemira color gris y su sombrero vaquero negro. Levantó el ala con dos dedos y soltó un silbido.

–Si es así como abren la puerta las chicas de Nueva York, tendré que venir más –bromeó deslizándole la mirada desde el cuello hasta las rodillas antes de subirla otra vez.

–Yo solo soy residente temporal –le recordó Zia.

–Entonces, ¿esto es un atuendo húngaro?

–Lo cierto es que sí. Los baños públicos son algo

muy popular en mi país desde hacer miles de años. A los romanos les encantaba disfrutar de los manantiales de agua caliente de Budapest y sus alrededores.

—¿En serio? —Mike alzó las cejas en gesto exagerado—. Hay que darles la razón a esos romanos.

Ella se rio y se apartó de la puerta.

—¿Vas a quedarte ahí mirando con la boca abierta o quieres entrar?

—Creo que no puedo moverme. Me tiemblan un poco las rodillas.

—¡Por el amor de Dios, Mike! Tengo escalofríos en sitios donde no debería tenerlos. Entra.

Capítulo Siete

Durante los siguientes cuarenta minutos, la toalla resultó superficial. Igual que el abrigo de Mike, el traje, la camisa y la corbata.

Esta vez intentó mostrarse un poco más refinado. Mostrarle a Zia su lado sofisticado distinto al holgazán de playa y al tío favorito de sus sobrinos. Los dos habían tenido mucha presión en Galveston al estar tan rodeados de sus cariñosas pero un poco asfixiantes familias. Aunque había conseguido robarla durante dos memorables noches, Mike no tuvo tiempo de demostrarle que podía estar tan cómodo en el mundo de Zia como lo estaba en el suyo propio.

El tiempo no era el único factor que había influido en su decisión de ser más suave y menos ansioso. Como siempre le decían sus hermanas, las mujeres necesitaban romanticismo. Cariño. Velas, flores y sí, cajas de bombones.

Mike había barajado varias opciones durante el vuelo desde Houston. Nueva York ofrecía todo tipo de posibilidades. Un paseo en coche de caballos por el parque, una cena elegante en un restaurante de moda, una obra de Broadway.

Pero entonces Zia abrió la puerta y le dejó sin una gota de sangre en la cabeza. Mike estuvo a punto de sufrir un infarto allí mismo, en el pasillo. La hora que siguió a continuación permanecería clavada en su cerebro durante los próximos cien años.

Ahora estaban tumbados uno al lado del otro en el sofá al calor de la chimenea. Zia llevaba un chándal calentito y zapatillas forradas de estar por casa. Él se había puesto la camisa, los pantalones y los zapatos. Le gustaba sentir la cabeza de Zia apoyada en su brazo estirado en el respaldo del sofá. También se alegraba de que hubiera decidido pedir comida china en lugar de salir al frío. Había cajas vacías en la mesita y una botella de cabernet a la mitad.

Mike jugueteó con uno de sus mechones de pelo y deslizó la mirada por el elegante salón. Las llamas bailaban en la chimenea rematada de mármol negro, y se escuchaba a través de un altavoz una de las rapsodias húngaras de Liszt.

–Esto es muy agradable –afirmó enredándole un sedoso mechón en el dedo–. Mucho mejor que un paseo en coche de caballos. Aunque tendremos que hacerlo la próxima vez que venga a Nueva York.

Zia alzó la cara hacia él. La luz del fuego le añadía un brillo rosado a las mejillas, pero no la libró de las ojeras.

–¿Es fetichismo por los caballos o se debe a que eres de Texas? –quiso saber Zia.

–Ninguna de las dos cosas. Mi secretaria me sacó una lista con las diez cosas más románticas que se pueden hacer en Nueva York, y pasear en coche de caballos por Central Park estaba al principio de la lista.

–¡Pero no en enero!

La risa que acompañó la protesta fue sencilla, natural. Pero cuando Zia se apartó de él y se reclinó para agarrar su copa de vino, sintió cómo se retiraba sutilmente.

¡Diablos! Había tirado demasiado de la cuerda. La doctora le había dejado saber en Galveston que no quería ir demasiado rápido. Y sin embargo él le había dejado caer que ya estaba perdiendo la cabeza.

Mike decidió reconducir la conversación.

–¿Qué tal va la propuesta?

El truco dio resultado. Zia gimió y dejó caer la cabeza sobre el sofá.

–No sabía que conseguir que se aprobara un proyecto de investigación a gran escala fuera un proceso tan complicado. Voy por el tercer borrador de la propuesta y todavía tengo que finalizar los protocolos de laboratorio. Y además tengo que reunirme con uno de los consultores que me han recomendado en el hospital. Mañana concertaré una cita. Al menos podrán darme su opinión sobre las cifras.

–¿Quieres que les eche un vistazo?

–¿Lo harías? –Zia vaciló y se mordió el labio–. ¿O se trataría de un conflicto de intereses? Si acudimos a GSI a por financiación, quiero decir.

Mike esbozó una sonrisa.

–No, a menos que pretendas manipular el estudio para demostrar que GSI tiene los barcos más libres de bacterias del mar.

–Lo dudo –Zia se rio otra vez. Estaba de nuevo relajada–. Ni siquiera sé cómo nació mi interés por la incidencia del estafilococo a bordo de los barcos. ¡Espera! ¡Sí, lo sé! Rafe y tú me abrumasteis con todas esas estadísticas.

A algunas mujeres se las conquistaba con dinero,

pensó Mike. A otras con gestos románticos. Al parecer, el modo de llegar al corazón de Anastazia St. Sebastian era a través de un germen.

–Trae el borrador y déjame echarle un vistazo.

Zia se levantó del sofá y se dirigió al pasillo. Cuando volvió encendió las luces del techo, apagó la música y dejó una carpeta gruesa encima de la mesita.

–Supongo que no estás interesado en la lista de publicaciones ni en la bibliografía.

–Supones bien. Déjame ver la descripción de las instalaciones y los recursos y luego le echaremos un vistazo al presupuesto.

Ella asintió y sacó las hojas de la carpeta.

–El centro de investigación del Monte Sinaí es lo último en tecnología. Usaremos sus ordenadores para recopilar y analizar datos. Y también muestras de prueba.

–Bien.

–Esta es la estimación de los costes de arranque y del primer año de operaciones contando con el personal, el equipamiento y los costes generales. La segunda y la tercera página proyectan los costos para otros dos años más siempre que los resultados iniciales garanticen continuidad.

Mientras Mike iba repasando las ordenadas columnas, Zia se fue poniendo cada vez más nerviosa.

–Le mostré las cifras a una de las auditoras del hospital. Se quedó sin aire cuando vio la última línea. Fue entonces cuando sugirió que hablara con un consultor profesional.

–No me sorprende. Un millón doscientos mil dólares no es precisamente calderilla –Mike pasó a la siguiente página, estudió los números y volvió al resumen–. Tal vez te interese echarle un vistazo al ratio de costes directos del segundo año. Propones un incremento de las muestras, así que los costes directos aumentarán más de lo que reflejas aquí.

Zia frunció el ceño y se inclinó hacia delante para echar otro vistazo.

–¡Maldición! Tienes razón. Trabajé con esos números hasta quedarme bizca ¿Cómo es posible que se me haya pasado?

–Porque trabajaste con esos números hasta quedarte bizca.

–Pero tú lo has visto al primer vistazo.

–Por desgracia, últimamente paso mucho tiempo mirando números y poco cerca del mar –Mike se reclinó en el sofá–. Lo que me recuerda otro de los puntos. Tal vez no sea tan romántico como un paseo en coche de caballos por Central Park pero es mucho más emocionante.

–¿De qué se trata?

–De la regata Frostbite que se celebra el mes que viene en el Club Náutico de Nueva York. Un amigo mío es socio. Su mujer y él llevan años invitándome… retándome a ir a con ellos y ayudar a la tripulación. Les diré que voy si puedo llevar a un tercer tripulante.

Había captado la atención plena de Zia, que le miraba con incredulidad.

–A ver si lo he entendido. ¿Me estás invitando a salir a navegar? ¿En mar abierto? ¿En febrero?

–Lo cierto es que rodearemos Long Island, no saldremos a mar abierto, pero… –Mike se rascó la barbilla como si estuviera pensativo–. Entiendo que no resulte tan atractivo como las carreras de invierno de Kauai. Yo también prefiero ese plan si puedes escaparte una semana.

—¿Kauai en Hawái? ¡Oh, Mike! Sabes que no puedo. Tengo muchas cosas que hacer en este momento.

—Sí, eso ya me lo imaginaba. Pero marca el trece de febrero, sábado, en tu calendario. Esa es la fecha de la regata Frostbite. Y como incentivo, todos los que sobrevivan a la regata se vestirán de fiesta con esmoquin y vestidos largos para el gran baile de San Valentín que se celebrará esa noche en Club de la Calle 44.

Zia volvió a adquirir aquella expresión recelosa. Volvió a retirarse. A apartarse de él.

—Todavía no tengo mi horario de febrero.

—No pasa nada. Llámame cuando lo tengas —Mike mantuvo un tono ligero y desenfadado y consultó el reloj—. Será mejor que vuelva al hotel.

—Pero… —Zia se detuvo un instante y recomenzó con más lentitud—. Puedes quedarte aquí.

—Tengo dos cuadernos gordos de notas que revisar para la reunión de mañana. Además —Mike le deslizó un dedo por la parte inferior del ojo izquierdo—. Pareces agotada. Duerme un poco, te veré mañana por la noche. Esta vez saldremos a cenar fuera.

Se puso la chaqueta del traje y el abrigo antes de lanzarle una última advertencia.

—Pero no vuelvas a abrirme la puerta en toalla. Mi cuerpo no podría soportar otro impacto así.

***

Zia echó el cerrojo cuando Mike se marchó y regresó por el pasillo. Ella tampoco creía que su cuerpo pudiera soportar otro choque como el que había sentido cuando abrió la puerta y le vio.

Entró en el salón, recogió las cajas vacías y las llevó a la cocina. La posibilidad que le había preocupado en Galveston parecía ahora demasiado probable. Entonces pensó que podría llegar a enamorarse de Mike Brennan. Ahora sabía que era mucho más que una mera posibilidad.

El antiguo dolor, el que tenía profundamente enterrado en el corazón, volvió a provocarle la familiar punzada. Tiró las cajas en la basura y apoyó las dos manos en la encimera para recuperarse.

¿Por qué no dar la voltereta, maldita sea? ¿Por qué no permitirse empezar a imaginar un futuro que incluía a Mike? Él sabía que no podía tener hijos. Había compartido aquella dolorosa realidad con él la primera noche que pasaron juntos. Todavía no podía creerse que se hubiera abierto de aquel modo a un desconocido, pero había despertado algo en ella. Su humor, la inteligencia que se escondía tras aquella sonrisa fácil, el afecto que sin duda sentía por sus sobrinos…

Su debate interno se detuvo en seco. Zia apretó los puños y lo único que escuchó fue la amarga revelación de la hermana de Mike. Su exmujer se había negado a darle hijos… y le había roto el corazón.

Zia dio un puñetazo en la encimera.

Se despertó a la mañana siguiente presa de las mismas salvajes y contradictorias emociones. Quería cenar con Mike aquella noche. Incluso quería cometer la estupidez de salir a navegar con él en pleno invierno, y sentir sus manos y su boca y su cuerpo cubriendo el suyo durante las próximas semanas, meses… y años.

Pero no bastaba con desearlo.

Seguía dándole vueltas al asunto cuando llegó al hospital. Se pasó la mayor parte de la mañana en reuniones de equipo y examinando pacientes, pero aprovechó el rato de la comida para revisar la lista de consultorías que le había dado la auditora el día anterior.

El responsable de la primera empresa con la que contactó iba a estar fuera de la ciudad la semana siguiente. Le ofrecieron la posibilidad de concertar una cita con un asistente, pero dada la cantidad de dinero en juego, Zia optó por esperar.

Lo intentó con la segunda empresa, Danville y Asociados, y le pasaron con el mismísimo jefe. La conversación fue muy breve, pero la descripción que hizo Zia de su propuesta despertó el interés de Thomas Danville.

—Parece que ha hecho usted un gran trabajo preliminar, doctora St. Sebastian —hablaba muy deprisa y sus palabras estaban cargadas de energía—. Pero uno de los servicios más importantes que proporcionamos es un cepillado en profundidad antes de hacer el borrador final. Somos expertos en matizar proyectos de investigación para que resulten más atractivos para fundaciones privadas y corporaciones.

A juzgar por los éxitos que figuraban en su página web, a Zia no le cabía duda. Pero dado el interés que Mike y Rafe Montoya habían mostrado ya por su propuesta, ¿necesitaba realmente matizaciones?

Danville percibió su vacilación y se adelantó.

—Tiene usted reservas respecto a trabajar con una consultoría, ¿verdad? Es comprensible. Mire, ¿por qué no nos reunimos y le explico exactamente lo que podemos hacer por usted?

—Tendría que ser pronto. Quiero poner esto en marcha ya.

—Ningún problema. De hecho... esta noche voy a cenar con otro cliente en La Maison. Está a pocas manzanas del hospital. Podría quedar con usted un poco antes. O mejor todavía, únase a nosotros para cenar. Así tendría el testimonio de primera mano de un cliente satisfecho.

—Lo siento, ya he quedado para cenar esta noche.

—Pues entonces a tomar una copa. Será más fácil hablar en el restaurante que en el hospital.

Eso era cierto. El «busca» no le paraba de sonar cuando estaba en el trabajo.

—¿A qué hora termina su turno? —preguntó Danville.

No cabía duda de que era muy insistente. Algo bueno para un profesional de su campo.

—Debería estar fuera a las siete.

—Perfecto. Eso nos dará una hora antes de que llegue mi otro cliente. Allí nos vemos.

Sintiendo como si la hubiera engullido una ola de energía, Zia trató de ponerse en contacto con Mike. Supuso que todavía estaría en la reunión, así que le dejó un mensaje en el buzón de voz.

—Respecto a la cena de esta noche, voy a reunirme con un consultor a las siete en La Maison de la calle 96. Ha quedado con otro cliente a las ocho, así que puedes encontrarte conmigo allí y nos vamos juntos.

***

Mike no estaba de muy buen humor cuando terminó finalmente la reunión de la ejecutiva marítima.

La Guardia Costera de Estados Unidos había presentado una excelente actualización de su nuevo programa electrónico de credenciales. Mike y los otros dueños de flotas lo habían recibido como un gran avance que permitiría a las tripulaciones de sus barcos solicitar certificados desde cualquier ordenador del mundo.

Lamentablemente, los representantes de los sindicatos marinos no estaban de acuerdo. Citaron su preocupación por la creciente vigilancia del gobierno en las comunicaciones electrónicas y se mantuvieron firmes. Querían una cuenta detallada de los sistemas de seguridad que se iban a implantar para proteger información personal, médica y psicológica. No era una demanda descabellada, pero la operación resultaba demasiado exhaustiva. Como si algún sistema pudiera garantizar un cien por cien de protección, pensó Mike malhumorado mientras escuchaba sus mensajes de voz.

Cuando vio el nombre y el número de Zia en las últimas llamadas recibidas sintió un nudo en la garganta. Quería cancelar la cena. Estaba seguro de ello. Aquella mujer era demasiado recelosa. Estaba preocupadísima por el asunto de los hijos. ¡Como si su interés en ella dependiera de su capacidad reproductora!

Pensando que tendría que convencerla de lo contrario, Mike pulsó la tecla de reproducción. Se le deshizo un poco el nudo al escuchar la invitación para reunirse con ella en La Maison. Consultó el reloj y vio que tenía el tiempo justo para ir al hotel a darse una ducha. Tampoco estaría mal afeitarse la barba incipiente, pensó pasándose una mano por la barbilla. Lo que tenía pensado aquella noche para la doctora St. Sebastian implicaba zonas de la piel muy sensibles.

Mike llevaba lo suficiente en el mundo de los negocios como para saber que se cerraban tantos tratos cenando o tomando una copa como en las salas de reunión. No le había dado importancia al hecho de que Zia se reuniera con su consultor en lo que resultó ser un elegante y pequeño restaurante situado en el Upper East… hasta que entró en la zona de bar, tenuemente iluminada, y vio a aquel neoyorquino baboso vestido con un traje de mil dólares e invadiendo su espacio vital. Mike se dirigió hacia ellos.

El consultor le vio primero. Con una única mirada de sus ojos entornados analizó el estilo del recién llegado, su tamaño y su actitud. El cariñoso saludo de Zia y el beso posesivo que Mike le dio en los labios bastaron para que entendiera que se acercaba peligrosamente a aguas territoriales. Lo reconoció con una sonrisa fría cuando se levantó para estrecharle la mano.

–Encantando de conocerle, Brennan. Justo ahora estábamos hablando de usted.

–¿De veras?

–Zia… la doctora St. Sebastian dice que su corporación es una fuente de financiación para su proyecto de investigación.

–Una fuente potencial –le corrigió ella dirigiéndole

a Mike una mirada de disculpa–. Le estaba contando algunas estadísticas que Rafe y tú me mostrasteis sobre la incidencia del estafilococo en las tripulaciones.

–Una correlación que vale la pena explorar –dijo Danville en tono suave.

Demasiado suave. Mike escondió su instintivo desagrado bajo un educado asentimiento con la cabeza.

–Estoy de acuerdo. He revisado el borrador de la propuesta de la doctora St. Sebastian, pero mi vicepresidente de sistemas de apoyo tendrá que hacer un análisis profundo antes de llevar a la junta una recomendación de financiación.

–Por supuesto.

Zia captó la frialdad que había en el aire. Alzó las cejas, pero mantuvo la sonrisa en su sitio cuando se levantó y sacó el abrigó del respaldo de la silla.

–Te agradezco que hayas sacado tiempo para reunirte conmigo, Tom. Mañana te mandaré un correo con el borrador de la propuesta.

–Lo estaré esperando.

Sí, Mike estaba seguro de ello. Pero no dijo nada hasta que Zia y él estuvieron dentro del taxi y ella se giró para mirarle con gesto exasperado.

–¿A qué ha venido esto?

–No me cae bien ese tipo.

–Eso está claro. ¿Te importaría decirme por qué?

–Es demasiado suave. Y estaba de caza. O al menos intentándolo.

–¿De caza? ¿Qué diablos quieres decir…? ¡Oh!

–Sí, oh.

Zia abrió la boca. La cerró. La volvió a abrir.

—Por favor, dime que no estás hablando en serio.

La irritación que Mike había controlado en el restaurante adquirió un nuevo brío. ¡Al diablo con todo! Reculaba cada vez que a Zia le entraba el miedo. Se retiraba para no presionarla en algo para lo que no estaba preparada. Pero todo hombre tenía un límite.

—Lo siento, cariño, estoy hablando completamente en serio.

—No me lo puedo creer… Pensé… Creí…

Zia sacudió la cabeza con disgusto. Mike tendría que haberlo dejado estar en aquel punto. Darles tiempo a ambos para calmarse. Pero alimentó el fuego.

—¿Qué pensaste?

—Creía que eso del vaquero de Texas era otra de tus capas, como Michael o el tío Mickey.

Mike no pudo evitar sonreír.

—Te olvidas de Miguel. Él también está ahí. Seguramente sea la parte más anacrónica de la mezcla.

—¿Anacrónica o machista? —preguntó ella marcando cada sílaba.

—Seguramente sea lo mismo allí de donde vengo.

—¿Y se supone que con eso tengo que sentirme mejor?

—No –Mike se dio cuenta demasiado tarde de que tenía que hilar más fino–. Lo que se supone es que debe servirte de advertencia.

Zia alzó la barbilla. Los ojos le brillaban de un modo peligroso.

—¿Sobre qué?

Mike sabía que era demasiado pronto. Su intención había sido darle tiempo. Calmar sus dudas. Dejar que se acostumbrara al ritmo al que él se dirigía. Pero el gesto furioso de Zia le hizo saber que se había quedado sin resistencia.

–¿Te acuerdas del trato que hicimos en Galveston? El enfado dio paso al recelo.

–Me acuerdo –respondió ella con voz pausada–. ¿Y tú?

–De cada palabra. Te dije que si me acercaba a la zona peligrosa te lo haría saber.

Mike le tomó la mano. Ella se resistió, pero él la mantuvo entre las suyas.

–He llegado a ese punto, Zia. Estoy enamorado de ti, o tan cerca que es lo mismo.

La confesión surgió con naturalidad, y se sintió tan bien que Mike se preguntó por qué había esperado tanto. Obtuvo su respuesta en el destello de pánico que vio en ojos de Zia.

–Mike, yo… eh…

–Relájate –Mike forzó una sonrisa–. Esto no es una carrera. No importa quién llegue primero. Y no tienes que decir una respuesta apropiada en este preciso momento –añadió al ver que el pánico no disminuía–. Tienes todo un mes para pensar en ello.

–¿Todo un mes?

–Bueno, tres semanas y pico. Hasta la regata Frostbite –dijo Mike.

–¡Virgen santa! –la expresión de Zia se volvió incrédula–. No estarás pensando en participar realmente en esa locura, ¿verdad?

–No, a menos que tú me acompañes. Tú, yo, el viento y las olas –su voz se hizo más suave. Más retadora–. Vamos, doctora. Vive peligrosamente.

Capítulo Ocho

Zia se alegró de que la duquesa y Maria regresaran a casa de Texas la última semana de enero. Afortunadamente, el frío y la humedad que le habían causado dolor de huesos a Charlotte habían remitido un poco. Zia se dio cuenta con cierta preocupación de que la duquesa se apoyaba demasiado en el bastón cuando cruzó el vestíbulo.

Cuando estuvieron las dos solas charlando frente al fuego, la primera preocupación de Charlotte fue su sobrina nieta. Zia le sirvió una copa de aperitivo y la anciana le acarició la mejilla con su mano arrugada.

–Esperaba que se te hubieran borrado las ojeras, Anastazia.

–Ha sido todo una locura, tía Charlotte. He estado muy ocupada.

–Me lo imagino –la duquesa aceptó la copa que Zia le dio–. ¿Qué tal te salió la presentación en la facultad?

–De maravilla –afirmó Zia–. Y ninguno de los oyentes rebatió la necesidad de ampliar los estudios sobre la influencia del estafilococo en ambientes similares a las unidades de neonatos.

–¿Como los camarotes de la tripulaciones marítimas?

Zia miró a la duquesa con asombro. Charlotte dio un sorbo a su copa de brandi.

–No me mires así. Mike Brennan vino a hacerme una visita cuando te marchaste. Sospecho que cree que tengo tanta influencia en mi familia como su abuela en la suya.

Zia no podía creer que Mike no le hubiera hablado de esa visita. Ni que pretendiera engatusar a la duquesa para aprovecharse de su influencia.

–¿Y qué hizo? ¿Pedirte su apoyo?

–Por supuesto que no. Es más inteligente que eso. Hablamos de tu propuesta de investigación… entre otras cosas.

–¿Qué otras cosas?

Tal vez los ojos de la duquesa estuvieran velados por la edad, pero se clavaron en el rostro de Zia con desconcertante astucia.

–Ese hombre está enamorado de ti, Anastazia. O tan cerca que solo te haría falta darle un empujoncito –suavizó el tono de voz–. ¿Por qué no se lo das?

–Es complicado.

–Cuéntamelo, querida.

Zia se levantó de la silla y se colocó de rodillas al lado de la duquesa. El dolor íntimo que solo había compartido con su hermano y con Mike le salió a borbotones en frases deslavazadas.

–Me hicieron una histerectomía cuando estaba en la universidad. Tuvieron que hacerlo para salvarme la vida. Y ahora… ahora no puedo tener hijos.

Dejó caer la frente. Las palabras salieron ahora más lentamente, con más dolor.

–Ya has visto a Mike. Le encantan los niños. Se le dan de maravilla. Se merece alguien que pueda darle la familia que…

–¡Tonterías! –la interrumpió la duquesa con rotundidad–. Escúchame, Anastazia Amalia. Eres una médico estupenda y una brillante investigadora. Y lo que es más importante, tienes a un hombre maravilloso que está enamorado de ti. Deberías estar agarrando el futuro a manos llenas. Y sin embargo, te dejas llevar por la autocompasión. Basta –le ordenó con brusquedad.

Zia alzó la cabeza y la miró. Y se dio cuenta disgustada de que Charlotte tenía razón. Estaba tan preocupada pensando en lo que Mike y ella no podrían tener que no se había fijado en todo lo que sí podrían tener.

–De acuerdo –dijo con una risa nerviosa–. Voy a dejar de quejarme.

–Bien. Y ahora sé sincera conmigo –la duquesa no apartó la mirada–. ¿Le amas?

No podía seguir negándolo.

–Sí.

La duquesa dejó escapar un tenue suspiro–. Entonces saca a ese pobre hombre de su miseria. ¡Dile lo que sientes!

Zia no compartió con Mike sus confidencias con la duquesa cuando la llamó aquella noche. Pero sí le contó que le había mencionado lo de la visita.

–Quería conocerla un poco mejor. Es una mujer fascinante.

–Ella dice lo mismo de ti.

–Me alegro. Bueno, ¿y cómo vas con la propuesta? –preguntó Mike cambiando de tema.

–Ya está firmada, sellada y entregada. El comité ejecutivo del centro de investigación se reúne mañana.

Si dan su aprobación, Danville y Asociados se pondrá a buscar financiación. Y si hay suerte, el proyecto podría estar en marcha en cuestión de semanas.

–Hazme saber lo que decida el comité –le pidió Mike–. Te veré pronto. Volaré a Nueva York la tarde del día doce. Quiero asegurarme de que tengas tiempo de equiparte para la regata del día siguiente.

–De acuerdo –dijo ella arrastrando las palabras.

–No vas a echarte atrás, ¿verdad?

–¿Y si el barco vuelca? Moriríamos al instante de hipotermia.

–Eso no va a pasar, doctora. No te preocupes de nada, yo cuidaré de ti.

Zia estaba revisando informes con sus internos cuando el doctor Wilbanks la llamó para decirle que el comité ejecutivo había dado luz verde a su propuesta.

–Felicidades –le dijo con su tono brusco–. Eres la primera residente en conseguir que le aprueben un estudio de esa magnitud. Te sugiero que empieces a buscar la financiación enseguida.

–Sí, señor.

Zia llamó a Danville en cuanto colgó con el doctor Wilbanks. Tom la felicitó y le sugirió que se acercara a su oficina para conocer al resto del equipo. Zia revisó su agenda y concertó la cita a las tres de la tarde del día siguiente.

Danville y Asociados ocupaba una suite de despachos en la planta número treinta de la Torre Olímpica, en la Quinta Avenida. Zia salió del ascensor a un mar de moqueta persa y brillante caoba. La sonriente recepcionista le confirmó la cita y agarró el teléfono.

—La estábamos esperando, doctora St. Sebastian. Le diré a Tom que ya está usted aquí.

Danville apareció un instante más tarde vestido con un traje impecable y corbata de seda italiana.

—Le he pedido a mi equipo que haga un cepillado de tu propuesta —le dijo acompañándola a su despacho—. Han elaborado una lista de potenciales fuentes de financiación. Creo que te vas a quedar impresionada.

Tom hizo las presentaciones. Dos hombres y una mujer.

Elizabeth Hamilton-Hobbs fue la primera en hablar. Según indicaba la página web, tenía un máster en la escuela de negocios de Wharton, una de las más prestigiosas de Estados Unidos.

—Mis compañeros y yo estamos muy impresionados con el proyecto de investigación que propone, doctora St. Sebastian. Se basa en el impacto en instalaciones médicas, pero también deja espacio para explorar otras áreas, y como resultado…

—Como resultado —intervino Tom Danville frotándose el labio superior con ansiedad—, tenemos una gran oportunidad con grandes compañías navieras como MSC, COSCO y GSI.

Hamilton-Hobbs esperó a que terminara antes de continuar ella con su presentación.

—Hemos preparado una lista de corporaciones privadas y fundaciones relacionadas con la salud. Ahora que su estudio ha sido aprobado, nos encargaremos de las solicitudes y…

—La doctora St. Sebastian no quiere oír «nos encargaremos» —le espetó Danville frotándose otra vez el labio superior—. Y yo tampoco.

Zia se quedó de piedra. No necesitó ver la mirada que intercambió la mujer con sus compañeros para entender lo que estaba pasando.

Su jefe estaba colocado. No era el labio superior lo que le picaba. Era la parte inferior de la nariz.

El tabique irritado era uno de los síntomas clásicos del consumo de cocaína, junto con los ojos brillantes y la hiperactividad. Zia no podía creer que no hubiera visto las señales de aviso en su primer encuentro. Pero ahora no se le pasaron por alto. Danville debía haberse metido una raya justo antes de que ella llegara.

Miró entonces a Hamilton-Hobbs. La otra mujer debió darse cuenta de la aversión que reflejaba la expresión de su cliente. Le sostuvo a Zia la mirada.

—Yo me encargaré personalmente de las solicitudes, doctora St. Sebastian. Saldrán esta misma tarde y le prometo que yo misma haré el seguimiento de cada una de ellas.

Al ver que Zia vacilaba, Hamilton-Hobbs hizo uso de su reputación profesional.

—Danville y Asociados tiene uno de los mayores porcentajes de éxito del país. Le garantizo que conseguiremos el millón doscientos mil dólares que necesita para su estudio.

Zia había aprendido que la medicina era un conocimiento que se amplificaba con la experiencia y el instinto. Igual que la vida. Podía levantarse, salir de allí y empezar de cero con la siguiente consultoría de la lista. O podía confiar en Elizabeth Hamilton-Hobbs.

Asintió. Muy despacio. Sin molestarse en disimular que tenía sus dudas.

–Quiero estar al tanto de todo. Por favor, póngame en copia de cada solicitud que haga y de cada respuesta que reciba.

Danville objetó al instante.

–Te enviaremos un informe semanal de la situación. Esa es nuestra política. Nosotros no...

Su empleada le atajó con una sonrisa gélida.

–No hay ningún problema, doctora St. Sebastian. La mantendré informada de cada paso del camino.

Elizabeth mantuvo su palabra. Envió copia a Zia de cada una de las solicitudes y respuestas que recibió. En un espacio de tiempo considerablemente corto, Danville y Asociados consiguió más de ochocientos mil dólares de tres fundaciones y cuatro corporaciones privadas, incluido un cuarto de millón por parte de GSI.

Rafael Montoya llamó personalmente a Zia para darle la noticia.

–Pensé que querrías saber que la junta directiva de GSI votó que sí por unanimidad.

–Por curiosidad, ¿cuántos miembros de la junta directiva son familia del presidente?

–Siete de doce –admitió Rafe riéndose–. Pero los otros cinco son pesos pesados de la industria naviera, y tu propuesta les impresionó.

–Gracias, Rafe, te agradezco de verdad el apoyo. Haré todo lo que esté en mi mano para asegurarme de que nuestra investigación justifique la inversión de GSI.

–Pues no podemos pedir más. Y no he sido yo el

único que he apoyado esto –añadió–. Mike ha estado detrás del proyecto desde el principio. Bueno, no solo del proyecto. Él cree en ti, Zia.

Zia seguía pensando en la llamada de Rafe cuando Mike llamó para decirle la hora a la que llegaría el doce de febrero. La pilló en la cafetería del hospital haciendo un descanso para picar algo.

–El avión aterriza a las cinco y cuarto –anunció Mike–. Llegaré al hotel sobre las seis y media. La idea es cenar a las ocho y tener luego varias horas de ininterrumpido tiempo de calidad. O podemos cambiar el orden –sugirió–. Tú decides, doctora.

–No. Alguien que es capaz de sacarle a su junta directiva un cuarto de millón de dólares para estudiar gérmenes merece escoger primero.

Era una broma, un intento de darle las gracias por su apoyo. Pero Zia se dio cuenta al instante de que no se lo tomó bien.

–¿Hay algo de lo que quieras hablar? –le preguntó Mike–. Yo no tengo ningún problema en separar nuestra vida personal de la profesional.

–Yo tampoco, era una broma, Mike. Aunque…

–¿Habrías apoyado mi estudio si no fuéramos…?

–¿Amantes? –intervino él al ver que no encontraba la palabra–. ¿Amigos? ¿Conocidos?

–Si no estuviéramos saliendo.

Aquello fue recibido por un silencio mortal que retumbó en los oídos de Zia.

Ella agarró con fuerza el teléfono y recordó la conversación que había tenido con la duquesa. Le debía a Mike la verdad. Pero no por teléfono. Así que apretó los dientes y forzó una respuesta fría.

–¿No crees que esto es algo que deberíamos hablar en persona?

–No –le espetó Mike, irritado–. Ya te dije que no te presionaría. También recuerdo haberte dicho que esto no es una carrera. Pero creo que necesito alguna indicación para saber si estás siquiera en el circuito.

Al verse espoleada, Zia le espetó la verdad que había descubierto recientemente.

–¡Te amo! ¡Ya está! ¿Era eso lo que querías oír?

Esta vez la pausa fue mayor.

Avergonzada por su acalorada salida, Zia miró a su alrededor para ver si los demás clientes de la cafetería la habían escuchado. Parecía ser que no. Así que contuvo el aliento hasta que escuchó una risa lenta al otro lado de la línea.

–Sí, cariño. Eso era exactamente lo que quería oír. Quizá no en ese tono. ¿Te importaría repetirlo? Esta vez con ganas.

¿Cómo se las arreglaba para desatar su ira y un instante después conseguir que se derritiera?

–Te amo.

–No ha sido tan difícil, ¿verdad?

–¡Sí lo ha sido! Iba a esperar a este fin de semana para decírtelo en el entorno adecuado.

–¿A bordo de un velero con el trasero congelado?

–No, tonto, antes. No había ultimado los detalles.

–Te diré lo que vamos a hacer. Decide el lugar y volvemos a hacer esto en persona, ¿de acuerdo?

Una sonrisa le cruzó el corazón a Zia.

–De acuerdo.

Capítulo Nueve

Para alivio de Zia, no tuvo que vivir la emoción de cruzar las heladas aguas de Long Island. Un frente frío apareció el viernes por la tarde acompañado de una densa niebla. Todos los aeropuertos de la Costa Este cerraron unas horas antes de que el jet privado de Mike aterrizara. Tuvo que desviarse a Pittsburgh y esperar.

La impenetrable niebla continuó cubriendo Nueva York hasta bien entrada la mañana del sábado, obligando al club náutico a posponer la regata. Sin embargo, el baile de San Valentín seguía programado para aquella noche. Mike prometió que llegaría en tren o en coche alquilado.

La duquesa aprovechó el retraso para convencer a Zia de que fueran de compras. Escogió Saks Fifth Avenue, la meca de los clientes con buen gusto y dinero para gastar. Llegaron hasta allí en taxi y al instante fueron atendidos por una asistente personal.

–¿Buenas tardes, en qué puedo ayudarlas?

–Esta es mi sobrina nieta, la doctora Anastazia St. Sebastian –dijo la duquesa–. Necesita un vestido de baile, zapatos y una cita para el salón de belleza.

La asistente observó la delicada figura y las facciones de Zia con aprobación.

–Estoy segura de que podremos encontrar lo que busca.

Unos instantes más tarde las guio hacia un probador privado en la quinta planta. Sobre la mesa había una bandeja de plata con champán y agua mineral.

–¿Tiene pensado algún color o algún estilo en particular? –preguntó la asistente sirviéndole champán a Charlotte y un agua con gas a Zia.

–Nada de florituras –afirmó la duquesa–. Algo elegante y sofisticado. En azul medianoche o en rojo –rectificó–. Rojo brillante y luminoso.

–¡Sí! Con el pelo tan negro y los ojos oscuros, estará maravillosa de rojo.

La joven desapareció y volvió unos instantes más tarde acompañada de otras dos chicas y con un montón de vestidos de diseñadores, cada uno más caro que el anterior. No le importaba demasiado el precio, Charlotte se había negado a dejar que contribuyera a los gastos de la casa desde hacía dos años y medio. Así que Zia ingresaba su sueldo entero y podía permitirse pagar algo escandalosamente caro.

Se probó varios diseños, pero en cuanto se puso el vestido ajustado color escarlata chillón supo que era aquel. El corpiño tenía un corte recto de hombro a hombro. Sin embargo, la espalda llegaba hasta debajo de la cintura. Y cada vez que se movía o respiraba salían puntitos de luz de las lentejuelas cosidas en la tela.

Completaban el conjunto unos tacones de siete centímetros y medio y una limosnera plateada. Pero la duquesa no había terminado. Tras tomarse un té en el café de la séptima planta con sus maravillosas vistas, las dos mujeres fueron al salón de belleza. Salieron de allí tres horas más tarde. Charlotte se había hecho un moño regio en su nívea cabellera. Zia lo llevaba recogido a un lado detrás de la oreja con un adorno y por el otro lado le caía como un ala negra y suave.

Eran casi las seis cuando llegaron a casa. Mike había llamado para decirle a Zia que había llegado bien a la ciudad y la recogería a las siete. Aquello le dejaba un margen cómodo para asearse, ponerse el vestido y maquillarse. Se estaba poniendo rímel en las gruesas pestañas cuando la duquesa llamó suavemente a la puerta de su dormitorio.

—¡Oh, querida! —los ojos azules de Charlotte se humedecieron cuando Zia hizo una pequeña pirueta—. Has heredado lo mejor de los genes St. Sebastian. Tienes los pómulos altos y ojos magiares. La duquesa de Karlenburgh está muy orgullosa de ti.

Zia agradeció el cumplido de su tía y la duquesa le puso una cajita de terciopelo en la mano.

—Esto forma parte de tu legado, y es mi regalo.

Zia abrió la tapa de la cajita y dejó al descubierto dos pendientes de rubíes. Cada rojo óvalo colgaba de un diamante de corte similar.

—¡Oh, Charlotte, son preciosos! Deberías dárselos a una de las gemelas.

—He conservado algunas piezas para mis bisnietas. Y Dev, que es muy inteligente, me ha ayudado a recuperar algunas joyas que me vi obligada a vender a lo largo de los años. Estos pendientes son tuyos —aseguró con firmeza—. Y ahora vamos a ver cómo te quedan.

Zia fue a recibir a Mike a la puerta y se quedó deslumbrada por lo que le pareció un acre de camisa plisada y esmoquin negro. Mike tenía el abrigo en el brazo, el sombrero en la mano y una expresión maravillada en el rostro.

—Vaya. Estás impresionante, doctora St. Sebastian.

—Son los pendientes —Zia agitó la cabeza para que los rubíes bailaran—. Me los ha regalado Charlotte.

—Créeme —gruñó Mike cuando ella se dio la vuelta para guiarle por el vestíbulo—, no son los pendientes. ¿Estás segura de que no nos llevarán a la cárcel por culpa de ese vestido?

Zia se rio mientras le dejaba ir a saludar a la duquesa y ella iba a por su chal. Y se llevó la segunda sorpresa de la noche cuando salió del vestíbulo y se encontró un carruaje negro de ruedas amarillas parado en la entrada. El cochero llevaba chistera y levita roja. Y el caballo tenía una pluma roja en la cabeza.

Zia se paró en seco.

—Tiene que ser una broma.

—No. He decidido hacerlo esta misma noche.

—Sabes que estamos en febrero, ¿verdad? El suelo está todavía congelado.

—No te preocupes. Natalie ha enviado una manta gruesa. Y tu hermano nos ha dado esto —sacó una petaca del bolsillo y se la mostró—. No es *pálinka*, pero Dom asegura que nos mantendrá calentitos —aseguró tomándola del hombro para ayudarla a subir al carruaje.

—¿Cuándo has visto a Natalie y a Dom? —le preguntó Zia cuando se sentó a su lado.

—Justo antes de venir a buscarte —Mike le colocó la manta sobre las rodillas y se puso el sombrero antes de pasarle un brazo por los hombros para darle calor—. Adelante, Jerry.

–¿Te pasaste por casa de Natalie y Dom solo para recoger una manta y el brandi?

–Sí. Aunque la verdad es que mi abuela sugirió que sería inteligente por mi parte hacerle saber a tu hermano que tengo pensado pedirte que te cases conmigo. Yo no estaba muy contento con la idea –admitió Mike con una mueca–. Dominic me considera un corsario, pero pensé que…

–¡Espera un momento! ¡Repite eso!

–¿El qué? ¿Corsario? Es una palabra parecida a pirata –Mike intentó parecer inocente, pero el brillo de los ojos le delató–. ¿O te refieres a la parte de decirle a Dom que tengo intención de declararme?

–¡Sabes muy bien que me refiero a eso!

–Bueno, tengo que decir que su alteza no estaba muy contento de que su hermana saliera con un vaquero de Texas. Pero tras unos cuantos ruegos por mi parte y varios comentarios de Natalie respecto al estilo de vida de Dom antes de casarse, tu hermano reconoció que era decisión tuya.

A Zia le daba vueltas la cabeza con imágenes de piratas, de Dom asumiendo el papel de gran duque y a Mike suplicando. Él la atrajo hacia sí.

–¿Por qué estás tan sorprendida? ¿Qué creías que iba a pasar después de que me lanzaras esa bomba por teléfono?

–Pensé que íbamos a hablar de ello este fin de semana, en el momento y lugar que decidiéramos.

–Supongo que podríamos hablar, pero para mí tiene más sentido ir directamente al grano. Yo te amo. Tú me amas. ¿Qué más importa, Anastazia Amalia Julianna St. Sebastian?

—¿Te obligó Dom a memorizar todos mis nombres?

—No, fue tu cuñada Natalie.

Miles de preguntas rondaban por la cabeza de Zia. ¿Dónde iban a vivir? ¿Cómo afectaría el matrimonio a su compromiso con el equipo de investigación del doctor Wilbanks? ¿Cuándo volvería a Hungría?

—Sí que tenemos que hablar, Mike —miró de reojo al cochero y bajó la voz—. Vamos a tomar una decisión trascendental, y ni siquiera sé qué piensas sobre la adopción. O sobre acoger un niño. O utilizar un vientre de alquiler… o no tener hijos.

—Mírame.

La mirada de Mike perdió su brillo burlón y él también bajó la voz.

—Me parecen bien cualquiera de esas opciones, Zia. Siempre y cuando tomemos la decisión juntos.

—Pero tu familia… tus hermanas…

—Esto no se trata de ellas, se trata de nosotros. De ti y de mí y de pasar el resto de nuestra vida juntos. Quiero navegar por el Pacífico contigo y enseñarte mi mundo. Seguirte por el hospital para aprender más sobre el tuyo. Cuando decidamos, si es que lo decidimos, traer hijos al mundo que hayamos creado juntos, encontraremos el mejor modo de hacerlo. Lo único que hace falta en este momento es un simple sí.

El antiguo dolor, la sensación de pérdida que había acompañado a Zia, seguían enterrados en su mente. Sospechaba que nunca desaparecerían. Pero ahora una alegría expansiva superaba al dolor. Debía agarrar el futuro con ambas manos.

Sacudiéndose las dudas, agarró las solapas del abrigo de Mike y lo atrajo hacia sí.

—Sí, Michael Mickey Miguel Brennan. Sí.

Cuando él se movió para sellar el acuerdo con un beso, Zia supo que siempre recordaría aquel momento. Pasara lo que pasara, fuera lo que fuera lo que el futuro les tuviera reservados, siempre sentiría el frío de febrero, escucharía los cascos del caballo resonar sobre el frío pavimento, las ruedas del carruaje entonando su canción invernal.

Entonces Mike la sorprendió con otro recuerdo que conservar. Este incluía una caja. La segunda de aquella noche, pensó Zia con un vuelco al corazón. Levantó la tapa con dedos temblorosos y contuvo el aliento cuando un diamante en forma captó el brillo de las farolas de las calle.

—Tuve que adivinar tu talla de dedo —confesó Mike sacando el anillo de la caja y deslizándoselo por el nudillo—. Pero creo que he acertado.

Y no solo en la talla. El tamaño, el brillo y el hecho de que ahora le adornara el dedo hacían que Zia se debatiera entre el asombro y la felicidad. Hacía menos de dos meses que había conocido a aquel hombre y ahora llevaba puesto su anillo. Solo era un símbolo, pero un símbolo que le gritaba al mundo que Mike y ella querían formar una vida juntos.

Metió las manos debajo de la manta y estuvo jugueteando con el anillo todo el trayecto hasta el Club Náutico de Nueva York.

Cercado por enormes rascacielos, el club era un bastión del viejo Manhattan inmortalizado ahora como monumento nacional. La luz salía a borbotones de los ventanales que daban a la calle 44 y que tenían forma de ojos de buey de galeón. En el interior había modelos a escala de miles de barcos. Estaban montados sobre estantes que ocupaban casi cada rincón de las fantásticas paredes de la sala. Solo quedaba espacio para una enorme chimenea de mármol blanco decorada con tridentes, anclas y un óleo ovalado de un velero navegando a toda vela. Zia apoyó el brazo en el de Mike e inclinó la cabeza para observar todo aquel esplendor.

–¡Mike!

Una mujer bajita y regordeta de cabello gris y piel arrugada cruzó entre la gente. Un caballero distinguido y mucho más alto que ella la seguía a pocos pasos.

–Esta es Anne Singleton –le advirtió Mike cuando vio a la mujer acercándose–. Su marido y yo estuvimos juntos en la Armada.

Zia agradeció la información, sobre todo cuando Anne agarró a Mike por las solapas del esmoquin y le dio dos sonoros besos.

–¡No puedo creer que hayas venido hasta aquí para la regata y que la hayan tenido que posponer! Promete que volverás cuando vuelvan a programarla.

–Ya veremos.

–Si ya has terminado con él, ¿me dejas decir hola, Annie?

La frase vino del que Zia supuso que era el marido de Singleton. Su mujer soltó a Mike y mientras los dos hombres se estrechaban la mano, ella miró a Zia de arriba abajo. Y de pronto dejó escapar un gritito.

–¡Lo ha hecho, Harry! –exclamó con los ojos brillantes dándole un codazo s su marido–. ¡Lo ha hecho!

Zia no entendía nada hasta que Mike se lo explicó.

–No sabía si llegaría a tiempo de recoger el anillo. En Tiffany's dijeron que me lo podían llevar al hotel, pero para asegurarme le pedí a Anne que lo recogiera y me lo llevara al aeropuerto.

–¡Y yo lo hice encantada! No te imaginas con cuántas mujeres he intentado liar a este hombre en los últimos tres años. Le he presentado a todas mis amigas divorciadas y viudas. A las hijas de mis amigas. A las amigas de…

–Creo que se hace una idea, Anne –intervino su marido–. Soy Harry Singleton, doctora Sebastian. No sé si lo ha contado, pero hemos vivido muchas cosas juntos.

–Por favor, llámame Zia. Y sí, mencionó que servisteis juntos en la Armada.

–¿Y mencionó también que me salvó la vida cuando me caí por la borda en el mar de Japón durante un tornado?

–No.

Zia miró a Mike con gesto interrogante, pero Anne Singleton sacudió una mano con impaciencia.

–Ya la aburrirás más tarde con tus historias de la guerra. Ahora tenemos que brindar para celebrar esta ocasión tan importante.

El resto de la velada transcurrió en un torbellino de color y música. La cena de siete platos estaba deliciosa. Una banda en directo ofreció música para soñar durante y después de la cena, y Mike le presentó a varios amigos suyos con los que estuvieron charlando. Cuando se dejaron caer en el asiento del taxi era más de la una de la mañana. Fueron a su hotel por acuerdo tácito. Y también de mutuo acuerdo llamaron a la duquesa a la mañana siguiente y le pidieron permiso para organizar una reunión familiar en el apartamento.

Natalie y Dom aparecieron, igual que Gina, Jack y las gemelas. Maria acudió especialmente para la ocasión, e incluso Jerome se pasó para tomarse una copa de champán.

Tras los brindis y las felicitaciones, Dom se quedó unos momentos a solas con Zia al lado del ventanal que daba a Centra Park. Dos extranjeros que tenían lazos inquebrantables con América... y con americanos.

–¿Estás segura de que esto es lo que quieres? –le preguntó él en su húngaro natal–. No es fácil unir dos mundos, dos nacionalidades.

–No parece que Natalie y tú hayáis tenido ningún problema.

–No, pero es que Natalie es especial –aseguró Dom.

–Y Mike también.

Dom volvió a mirar a su hermana. El amor que Zia vio en sus ojos le llegó al corazón.

–Entonces te deseo toda la felicidad que yo he encontrado, pequeña.

–Gracias.

Una hora más tarde, Zia se despidió de Mike con un beso. Odiaba verle marchar. Aquella separación iba a ser más larga que las semanas anteriores sin verse. También resucitaba sus preocupaciones acerca de dónde iban a vivir y cómo iban a compaginar sus diferentes carreras.

–Ya lo solucionaremos.

–¿Antes o después de casarnos?

–En algún momento –Mike le agarró la barbilla y la miró muy serio–. Nada ni nadie me importa más que tú. Ya solucionaremos los pequeños detalles.

Mike hizo una declaración parecida a su familia cuando volvió a Boston y anunció su compromiso. Eileen fue a la que más trabajo le costó convencer. Seguramente porque le había visto en su punto más bajo después del divorcio.

–Me cae bien Zia –aseguró su hermana, que había ido a verle al despacho–. Y le doy gracias a Dios todas las noches por que estuviera allí para sacar a Davy del agua. Pero, ¿hace cuánto la conoces? ¿Seis semanas?

Mike apretó la mandíbula, pero ella ignoró la señal de advertencia.

–Eso es dos semanas menos de lo que conocías a Jill antes de subir con ella al altar.

–Eileen…

–No quiero volver a verte sufrir, Mike. Ninguno queremos –los ojos de Eileen se llenaron de lágrimas–. Por favor, dime que sabes lo que estás haciendo.

Las lágrimas hicieron que se le pasara la furia. Se levantó de la silla y se acercó a ella para pasarle un brazo por los hombros.

–Jill era todo calor, furia y sexo. Zia… –buscó alguna palabra que pudiera describirla–. Zia es lo que Bill y tú tenéis –dijo finalmente–. Lo que Kate, Maureen, nuestros padres y la abuela encontraron. Lo que necesito.

Su hermana dejó escapar un profundo suspiro.

–Si tú lo dices…

Mike pensó que con aquella explicación ya se había librado. Hasta mediados de marzo, cuando Rafe apareció en su despacho pocas horas después de que Mike hubiera regresado de una reunión de tres días en Seúl. Su cuñado tenía el ceño fruncido. Pero en cualquier caso, Mike no estaba preparado para el repentino lanzamiento de aquella bomba.

–¿Te acuerdas de la última línea del estudio de Zia?

–Un millón doscientos mil y unas monedas –a Mike se le formó un nudo en el estómago–. ¿Por qué?

Rafe señaló con el gesto torcido las hojas que tenía en la mano y respondió:

–Las monedas parecen haberse multiplicado desde la propuesta original. Y que me aspen si entiendo la razón.

Capítulo Diez

Con las palabras de Rafe colgando en el aire, Mike se levantó de la mesa.

–Vamos a ver esto en la sala de conferencias. Me tienes que explicar con detalle qué te preocupa.

–Los costos directos del estudio sí cuadran –dijo Rafa mostrándole una serie de documentos–. El informe inicial de Zia cuenta con cada hora que su equipo pase definiendo objetivos e instalando la base de operaciones. Igual que los gastos de suministros y equipamiento, las horas invertidas en los ordenadores del centro y los honorarios de la consultoría.

Mike frunció el ceño al repasar la cifra cobrada por Danville y Asociados. No era excesiva en comparación con otras empresas del sector, pero no pudo evitar reaccionar de manera negativa y personal ante Danville.

–La discrepancia está en los costos indirectos –decía Rafe mientras pasaba varias páginas.

¡Diablos! Mike le había advertido a Zia que comprobara los costos indirectos.

–Como bien sabes –continuó Rafe–, los gastos indirectos pueden variar de un veinte a un cuarenta por ciento dependiendo de la reputación de la institución. Incluso cuando el Departamento de Salud accede al gasto, sigue habiendo un considerable margen dentro del proceso.

Sacó otra hoja. Esta mostraba las cantidades con las que habían contribuido fundaciones privadas y corporaciones.

–No todos los inversores de Zia pagan el mismo porcentaje de gastos indirectos. Estos dos ni siquiera los han tenido en cuenta.

–Pero GSI sí.

–Sí. También aprobamos la fórmula que usa la universidad para determinar cuánto dinero del que enviamos va al fondo de operaciones generales y cuánto al proyecto de Zia.

Rafe hizo una pausa y se pasó una mano por el fino bigote.

–Esa redistribución no ocurre de manera automática. El jefe del proyecto tiene que solicitarla.

–¿Qué me estás diciendo? ¿Zia no ha solicitado sus costos indirectos?

–Sí, lo ha hecho. O mejor dicho, lo ha hecho la agencia encargada de su proyecto.

–Danville y Asociados.

–Sí, pero… –Rafe frunció el ceño al mirar sus notas a mano–. Por lo que veo, usan una fórmula diferente a la que aprobamos.

Mike contuvo una palabrota. Aquel era el proyecto de Zia. Cuando firmó la propuesta aceptó toda la responsabilidad de cómo se iba a utilizar el dinero destinado al proyecto.

–Seguro que Zia puede explicar la diferencia –dijo encogiéndose de hombros.

Mike consultó el reloj, vio que eran casi las tres y media en Nueva York y sacó el móvil. Le saltó el buzón de voz y dejó un mensaje diciéndole a Zia que le llamara. Luego lo intentó con el número del centro de investigación que ella le había dado. Una de las investigadoras del proyecto respondió a la llamada.

—Doctora Elliott.

—Soy Mike Brennan. Intento localizar a Zia.

—Está comiendo. Ya tendría que haber vuelto, pero es una comida de trabajo. Debe haberse prolongado más de lo esperado. ¿Quieres que le deje un mensaje? O llama a la secretaria de Danville y Asociados. Seguro que ella puede decirte dónde están comiendo Zia y Tom.

Mike no pudo evitar agarrar con más fuerza el móvil.

—Gracias.

Mike no volvió a su escritorio cuando Rafe se marchó. Se metió las manos en los bolsillos y miró por la ventana hacia la nube de humo producida por los millones de vehículos de Houston y la docena de refinerías de petróleo. Estaba tratando de entender su reacción visceral al saber que Zia había salido a comer con Tom Danville y no había vuelto todavía.

¡Diablos! ¿Qué le pasaba? Estaba completamente enamorado de una mujer inteligente y profesional.

Ahora su investigación podría estar en peligro. Rafe no había mencionado directamente fraude o mala gestión. No tenía que hacerlo. Mike no creía en el viejo dicho que aseguraba que el dinero era la raíz de todo mal, pero había visto con demasiada frecuencia cómo corrompía a la gente. Apretó las mandíbulas, se dio la vuelta y salió a la recepción.

—Cancela mi agenda del resto de la semana, Peggy. Me voy a Nueva York.

A medio continente de allí, Zia era presa de la misma sensación de impaciencia. Contra su criterio, había accedido al argumento de Tom de que podrían hacer más en un restaurante que en su despacho, donde el teléfono no paraba de sonar y otros clientes demandaban su atención.

Pero su mera presencia en aquel acogedor bistró de Broadway con la calle 58 la irritó sobremanera. Igual que su insistencia en que comieran antes de ponerse manos a la obra. Zia se comió media ensalada, pero apartó el plato a un lado y expresó su molestia.

—Me he estado comunicando con Elizabeth Hamilton-Hobbs durante el pasado mes. Ella es mi contacto principal en tu empresa. No entiendo por qué no ha venido a esta reunión.

—Esa es una de las razones por las que quería verte en persona —Danville se limpió la boca con la servilleta y compuso una expresión de tristeza—. Sé que Elizabeth y tú habíais conectado muy bien pero… bueno, he tenido que despedirla.

—¿Qué? ¿Cuándo?

—Esta mañana.

Zia se echó hacia atrás y dio con los hombros contra el respaldo de la silla. Había trabajado muy cerca de Elizabeth aquellas últimas semanas. Había llegado a apreciar su fino sentido del humor tanto como su valía profesional. ¿Y ahora ya no estaba?

—¿Qué ha pasado? ¿Por qué la has despedido?

—Lo siento, Zia —Danville se frotó la parte inferior

de las fosas nasales–. En situaciones como esta tengo que seguir ciertas normas de confidencialidad.

–¿Situaciones como cuáles, maldita sea?

–No te lo puedo contar. De verdad que no puedo. Pero sí puedo decirte que a partir de ahora yo me ocuparé personalmente de tu financiación.

¡Sí, claro! Como si fuera a dejar que un drogadicto supervisara las finanzas de su proyecto. Estaba a punto de decírselo pero se detuvo en seco al recordar el contrato que había firmado con Danville y Asociados. ¿Hasta qué punto resultaba vinculante? ¿Tenía alguna salida? ¿Alguna base para ponerle fin? Tenía que averiguarlo cuanto antes.

Agarró el bolso, se puso la chaqueta de lana y se levantó de la silla.

–No estoy contenta con esto, Tom.

–Yo tampoco. Confiaba en Elizabeth.

Tom se levantó y la ayudó a ponerse el abrigo. Zia le dio las gracias entre dientes y levantó la mano izquierda para sacarse el pelo por fuera. El brillo de su anillo de compromiso hizo que Danville se contuviera una vez más.

–Espero que tu prometido sepa la suerte que tiene.

–Yo también lo espero.

Danville le agarró la mano.

–Si la financiación de tu proyecto fracasa siempre puedes empeñar esta joya.

Zia retiró la mano con fuerza y le lanzó una mirada gélida.

–Confiemos que eso no llegue a pasar nunca. Por el bien de los dos.

–Solo era una broma, doctora.

Más le valía que así fuera. Zia salió del restaurante con la cabeza dándole vueltas y se dirigió a la parada del metro de la esquina. Una rápida mirada al móvil le mostró la lista de las llamadas perdidas, incluida una de Mike. Decidió esperar a estar en el hospital para llamar.

Salió del metro en Lexington con la 96 y atajó por el campus del Monte Sinaí. La primavera era todavía una vaga esperanza. Los árboles y los arbustos todavía no tenían yemas y los edificios de ladrillo y cristal del hospital tenían un aspecto sombrío bajo el cielo implacable.

Zia fue recibida por los olores y los sonidos del hospital infantil. El familiar olor antiséptico la siguió cuando pasó por delante de los laboratorios con su reluciente equipamiento y llegó al módulo en el que se había instalado el proyecto del estafilococo. El único miembro del equipo presente en aquel momento era Jordan Elliott, una microbióloga especializada en infecciones contagiosas. Alzó la vista del ordenador cuando vio a Zia y sonrió.

–Hola, Zia. ¿Qué tal la comida?

–Larga. Poco productiva. Preocupante.

–¿Y eso?

–Elizabeth Hamilton-Hobbs ya no está en Danville y Asociados.

–¡No puede ser! ¿Desde cuándo?

–Desde esta mañana. Tom no ha querido decirme por qué la ha despedido –Zia se quitó el abrigo y lo colgó en el respaldo de la silla con el ceño fruncido–. Necesito revisar nuestro contrato con Danville y ver qué opciones tenemos.

119

Jordan alzó las cejas pero no dijo nada. Aquel no era su primer estudio de investigación. Sabía que la financiación era un proceso complicado y con muchas capas. Y más todavía si había fuentes externas en la mezcla como GSI. Y eso le recordó…

—Casi se me olvida. Ha llamado Mike, quiere que le llames.

—Lo haré –prometió Zia con la vista clavada en el contrato que había abierto en la pantalla del ordenador.

La terminología legal no la tranquilizó. Si lo estaba interpretando bien, la única manera de cancelar el contrato era si Danville y Asociados no conseguían cumplir alguno de los objetivos marcados. Elizabeth los había logrado todos hasta el momento, solicitando y consiguiendo hasta el último penique que Zia había solicitado.

Sin embargo, por ahora solo había sido desembolsada una fracción de aquellos fondos. Lo necesario para cubrir el arranque. Ordenadores, mobiliario, suscripciones a bases de datos médicas y comerciales, el primer mes de sueldo de los miembros del equipo… seis páginas de costos directos. El total le parecía descomunal a Zia, pero sabía que subiría todavía más cuando contabilizaran los gastos indirectos.

Volvió a observar las cifras con una mueca de disgusto antes de escuchar sus mensajes. Mike le pedía que le llamara. Pero no contestó al móvil, así que decidió llamarle a la oficina.

—Hola, Peggy, soy Zia. Me gustaría hablar con Mike.

—Lo siento, Zia, ya ha salido hacia el aeropuerto.

—¿Cómo?

–¿No te lo ha dicho? Va de camino a Nueva York. Deben estar despegando ahora mismo.

Sorprendida y contenta, Zia le dio las gracias y marcó otra vez el móvil de Mike. Esta vez él contestó, pero lo único que Zia escuchaba era el ruido de los motores.

–Acabo de enterarme de que vienes para aquí. ¿Hay alguna razón especial?

–¿Necesitamos alguna?

–No te oigo.

–Digo que… da igual. Cuelga, te llamaré cuando estemos en el aire.

Mike esperó a que el jet atravesara la niebla y saliera a cielo abierto para devolver la llamada. Pero cuando agarró el teléfono, le vibró en la mano y salió el número del despacho de Rafe en la pantalla. Respondió a la llamada de su cuñado y su mundo se tambaleó por segunda vez aquel día.

–¿Has hablado con Zia? –quiso saber Montoya.

–Todavía no. Estaba a punto de llamarla ahora.

–Tal vez prefieras no hacerlo todavía.

Aquella respuesta le heló a Mike la sangre en las venas.

–¿Por qué?

–¿Recuerdas que te dije que iba a seguir investigando las cifras de los gastos indirectos? Pues he encontrado un código de desembolso que no estaba en la propuesta original. Está enterrado en una subcategoría de gastos indirectos relacionados con el menaje. Pero en lugar de enlazar con el fondo de operaciones general de la universidad, el código enlaza con un número de ruta bancaria separado.

A Mike se le pusieron los nudillos blancos de tanto apretar el móvil.

—Vete al grano, por favor.

—Ese es el problema, que no puedo. Cuando intenté seguir el número de ruta me di contra un muro. O mejor dicho, contra un cortafuegos casi impenetrable.

—Diablos. ¿Es una cuenta blindada?

—Eso me parece.

Rafe guardó silencio. Pero Mike sabía que había algo más. Cuando su cuñado clavaba los dientes en algo no lo soltaba.

—Has dicho que era casi impenetrable, ¿conseguiste entrar?

—No, pero husmeé lo suficiente para levantar las sospechas de un amable agente del FBI que me llamó por teléfono.

—¡Cielos!

—Está en la división de los delitos de guante blanco, Miguel. Quería saber por qué estamos indagando en esa cuenta en particular.

—¿Le has dicho que voy de camino a Nueva York y que tengo intención de llegar al fondo de este asunto?

—Sí. Dice que necesita hablar contigo antes. De hecho, se ha ofrecido a volar mañana desde Washington para reunirse contigo en Nueva York. Le dije que hablaría contigo para ver si es así como quieres manejar la situación.

Mike se pasó una mano por la mandíbula. Era como si le hubiera pasado por encima una apisonadora.

—¿Mike?

—Sí, estoy aquí. Queda con él.

Antes de llamar a Zia, le pidió un whisky a la azafata. El líquido se le deslizó por la garganta con su habitual calor, pero no disipó el frío que se le había formado en el estómago. Lo mirara por donde lo mirara, no encontraba un buen final para lo que cada vez olía más a fraude.

Aunque no le cabía la menor duda de que Zia no imaginaba que estuviera pasando nada cuestionable, ella era la directora del proyecto. Había redactado la propuesta y había firmado la solicitud del crédito. Era la responsable de la adecuada distribución de los fondos. Como mínimo, una investigación por fraude supondría una nube para su proyecto. Y su reputación en el mundo de la investigación pediátrica podría verse resentida.

Mike se bebió el resto del whisky, encendió el móvil y llamó al de Zia.

—Siento haber tardado tanto en llamarte. Tenía otra llamada.

—No pasa nada. Me alegro mucho de que vengas a Nueva York, Mike. Ha pasado algo de lo que me gustaría hablar contigo.

—¿Tiene algo que ver con tu comida con Tom Danville?

—¿Cómo sabes que he comido con él?

—Me lo dijo Jordan cuando llamé antes.

—¿A qué hora crees que llegarás?

—Me temo que tarde. Después de media noche.

—Tienes que estar muerto, teniendo en cuenta que esta mañana estabas al otro lado del mundo. Duerme un poco esta noche y yo me pasaré mañana por la tarde para darte la bienvenida.

–¿Qué tipo de bienvenida? –preguntó él relajándose por primera vez desde que recibió la llamada de Rafe.

–Podemos ir al ballet –bromeó Zia, consciente de que a Mike no le gustaba–. O a la ópera. O acurrucarnos juntos con una pizza y una película.

–Eso me gusta más –Mike repasó los documentos de viaje que Peggy le había cargado en el móvil–. Me alojo en el W New York.

–De acuerdo, este es el trato. Yo te llamo cuando vaya de camino con la pizza. Tú eliges la película. Pero nada de cine porno –le ordenó–. Ni siquiera para mayores de dieciocho años. No queremos sobrecargar a tu pobre cerebro cansado de tanto viaje.

–Eso no va a ocurrir, pequeña. En cuanto tú entras en una habitación se me bloquea el cerebro de todas formas. Lo único que queda es puro…

–¿Deseo?

–Iba a decir amor, pero el deseo también está en la mezcla.

Cuando Mike colgó todavía sonreía. Pero la llamada que le hizo Rafe unos minutos más tarde le borró la sonrisa de la cara.

Capítulo Once

—Ya está hecho —le anunció su cuñado con tono serio—. Mañana a las nueve de la mañana en las oficinas del FBI de Nueva York. Pregunta por el agente especial Dan Havers.

—De acuerdo. Pero tengo que decirte que no me gusta mantener a Zia al margen de esto, Rafe.

—Lo entiendo, pero estoy empezando a pensar que aquí hay algo más de lo que sospechábamos, Miguel. Me parece raro que un agente del FBI con base en Washington se suba a un avión para hablar contigo en Nueva York únicamente de cincuenta mil dólares de un crédito.

—Yo también lo he pensado —reconoció Mike de mal humor—. Esa es la única razón por la que no le he hablado a Zia del contacto con el FBI. Cuanto más averigüe mañana al hablar con él, mejor podré ayudarle a resolver este problema, sea cual sea.

—Mantenme informado.

—Lo haré.

Mike le pidió a la azafata otro whisky y se lo fue tomando durante el resto del vuelo. Sabía que se podía meter en un lío con Zia si le contaba lo de la reunión con el FBI a toro pasado, pero también era consciente de que estaba en mejor posición que ella para sacar información. GSI había contribuido al estudio del estafilococo con una financiación significativa. Era lógico que Mike quisiera estar al tanto de cualquier anomalía relacionada con la distribución de esos fondos. Especialmente si la última responsable del proyecto era su prometida.

El FBI miraría a Zia con una luz más cauta. Era una extranjera que vivía en Estados Unidos con un visado de trabajo y de estudio. Y tenía relación directa con importantes personalidades. Jack Harris, el marido de Gina, era embajador de Estados Unidos en Naciones Unidas. Y luego estaban la duquesa y el gran duque, pensó Mike torciendo el gesto. No sabía mucho sobre los años de Dominic como agente secreto de la Interpol. Pero seguramente el FBI tendría cuidado de no cruzar los límites de las agencias. Al pensar en ello, Mike se sintió un poco mejor respecto a la reunión de las nueve.

Cualquier ilusión de que el FBI pudiera estar mínimamente preocupado por la situación personal de Zia o sus conexiones se hizo pedazos diez minutos después de que el agente especial Dan Havers se encontrara con Mike en el vestíbulo de las oficinas del FBI de Nueva York.

Havers era un hombre atlético de unos treinta y seis años con hombros de luchador y un cuello ancho que sobresalía de su camisa blanca y chaqueta azul marino.

–Gracias por venir, Brennan –Mike estrechó la mano que Havers le tendía–. Vamos a buscar su identificador. Hemos reservado una sala de juntas para hablar allí.

Havers le guio a una sala de conferencias situada en la planta veintitrés. Cuatro personas más, dos hombres y dos mujeres, estaban esperando su llegada. Tres de ellos estaban sentados al final de la sala alrededor de un café con pastas. El otro estaba mirando por la ventana hacia Manhattan.

Mike sintió un tirón en el pecho con cada presentación. Una de las mujeres era la compañera de Havers en Nueva York, una agente especial para delitos de guante blanco. La otra pertenecía a la División de Operaciones Internacionales. Los dos hombres eran de la División Antiterrorista.

—¿Café? –preguntó Havers–. ¿Pastas o un bollo?

—Estoy bien, gracias.

—De acuerdo, entonces adelante.

El grupo se colocó en la mesa. Mike escogió un sitio dándole la espalda a la ventana.

—Esta es la cuestión, Brennan –Havers fue directamente al grano–. Montoya encendió ayer todas las alarmas al intentar entrar en esa cuenta bloqueada. Tuvimos que decidir a toda prisa qué hacer al respecto. Sobre todo cuando Montoya dijo que venía usted de camino a Nueva York. Así que les investigamos.

—¿Encontraron algo interesante?

—Montoya es un libro abierto. Usted tiene más sorpresas. Sabemos lo de la pelea a cuchillo con el cocinero portugués –comentó Havers–. Y que le concedieron una medalla por salvar a un compañero que se había caído por la borda en el Mar de Japón. También sabemos que se compró un barco viejo cuando dejó la Marina y acabó teniendo una compañía multinacional. Y sabemos lo de su divorcio.

–¿Dónde quiere llegar?

–A que no estaríamos hablando si no supiéramos que podemos confiar en usted.

–Ahora mismo yo no puedo decir lo mismo. Vamos al grano, ¿de qué va todo esto?

Havers inclinó el cuello de toro a la derecha y señaló con la cabeza a uno de los agentes antiterroristas.

–Esto va de un tipo llamado Thomas Danville y su hábito de cinco mil dólares semanales que saca esquilmando a sus clientes.

Mike sintió que se le formaba un nudo en el estómago pero mantuvo la voz tranquila.

–¿Y?

–Y de cómo el tal Danville le compra la droga a un consorcio internacional dirigido por una organización terrorista cuyo objetivo es borrar a Israel y a su aliado, Estados Unidos, de la faz de la tierra. ¿Ha oído hablar de Hezbollah?

Mike no alteró la expresión, no parpadeó, pero acababan de confirmarle el peor escenario. Zia se había visto atrapada en algo mucho más sucio y profundo que un fraude.

–Sí, he oído hablar de Hezbollah.

–Entonces también sabrá que tiene una relación importante con el cartel mexicano de los Zetas. Hace dos años emitimos cargos contra uno de los intermediarios que actuaban en nombre de Hezbollah, un señor de la droga libanés de nombre Ayman Joumaa. Había metido más de 9.000 toneladas de cocaína en Estados Unidos y en el proceso blanqueó unos doscientos cincuenta millones de dólares del cartel.

El agente hizo una breve pausa antes de continuar.

–Mire, Danville nos importa un rábano. No es nadie. Ni siquiera habría aparecido en nuestro radar de no haber sido por la conexión con la droga. Ni tampoco estaríamos hablando con usted esta mañana si no hubieran metido las narices en una de las cuentas blindadas de Danville. Necesitamos que deje de molestar, Brennan. Ya mismo.

Havers recogió el testigo.

–Estamos siguiendo a Danville desde que uno de sus empleados nos dio el soplo de sus actividades extracurriculares. El problema es que ese empleado fue despedido ayer.

Mike entornó los ojos.

–Así que temen que Danville se asuste.

–Podría ser –reconoció Havers–. Aunque eso no estaría tan mal. Los tipos asustados cometen errores. A veces huyen. A veces van en busca de sus amigos poderosos para que les calmen.

–Y a veces –dijo Mike con frialdad–, pueden arrastrar a gente inocente con ellos.

–Exactamente. Por eso necesitamos que se aparte. Tenemos micrófonos en casa de Danville, en su oficina y en los móviles. Si hace un movimiento en falso, lo sabremos. Deje que nosotros nos ocupemos de este asunto, Brennan. No interfiera.

–Danville es todo suyo. A mí, igual que a ustedes, me importa un bledo. Pero quien sí me importa…

–Es su prometida. Sí, lo sabemos. Danville y la doctora St. Sebastian comieron ayer juntos. Según nuestras fuentes, estaban muy cerca el uno del otro. Cariñosos incluso.

La respuesta de Mike surgió instantánea y firme.

–Si lo que buscaba era mi cooperación, acaba de pulsar la tecla equivocada. Esta reunión ha terminado.

Se levantó de la mesa y se dirigió hacia la puerta. Havers tuvo que correr para alcanzarle.

–De acuerdo, le pido disculpas –dijo entrando en el ascensor para bajar con él–. Llámeme si hay algo más que quiera contarnos.

Mike estuvo a punto de indicarle dónde podía meterse su ayuda. Pero se contuvo.

Aprovechó el resto de la mañana para sacarse la furia del cuerpo. Un entrenamiento brutal en el gimnasio del hotel le sirvió de gran ayuda. La sesión de sauna hizo el resto. Duchado y bajo control, llamó a Rafe para ponerle al día. Su cuñado le escuchó sin interrumpirle. Al final, su único comentario fue una palabrota muy gráfica.

–Sí –murmuró Mike–. Eso justo pienso yo.

–¿Qué le vas a contar a Zia de esto?

–Todo.

–¿Y el FBI está de acuerdo?

–No he preguntado.

–Seguramente no hacía falta. Tienen que saber que no vas a permitir que siga relacionándose con ese malnacido de Danville.

Permitir, pensó Mike al colgar, era un verbo equivocado. Si algo había aprendido al vivir con tres hermanas y una exmujer con cambios de humor era a tener mucho cuidado con ese verbo en particular.

Se metió las manos en los bolsillos y recorrió el salón de su suite de la planta veinte.

Cuanto más pensaba en su visceral reacción, más le molestaba. No quería admitir que había surgido por aquella estupidez de Zia y Danville en actitud cariñosa. Pero tampoco podía quitarse la imagen de la cabeza. No después del recelo de Zia cuando él le dijo que sabía lo de su comida con Danville. Y ahora recordó que eso había salido justo después de que ella le dijera que tenían que hablar. Tal vez ya sabía que Danville se quedaba con los fondos de los clientes. O tal vez…

¡Cielos! Tenía que dejar de darle vueltas al asunto. Esperaría a Zia, hablaría con ella, pondría sobre la mesa lo que sabía y lo dejarían atrás.

Así que cuando ella llamó poco después de las tres, ya estaba listo.

—Estoy a punto de salir del hospital. ¿Te sigue apeteciendo película y pizza?

Sonriendo con anticipación, Zia apagó el ordenador y agarró el abrigo.

—Pizza y película, ¿eh?

Alzó la vista y vio a Jordan Elliott mirándola por encima del ordenador con ojos traviesos.

—Qué suerte tienes —continuó su compañera—. Lo más cerca que yo he estado del sexo en los últimos meses es al mirar cómo se multiplican las bacterias bajo el microscopio.

—Que yo sepa, un atractivo radiólogo se ha ofrecido a subsanar ese problema —le espetó Zia—. Varias veces.

—Uf, prefiero acostarme con la bacteria. Espera, tengo que ir al centro de enfermedades contagiosas. Salgo contigo.

Abandonaron la escuela de medicina y cruzaron en diagonal por el campus del Monte Sinaí. Todavía faltaban varias semanas para la primavera, pero el sol de la tarde ofrecía temperaturas algo más cálidas y un repentino estallido de verdor.

Zia estaba a punto de despedirse para entrar en la parada del metro cuando le entró un mensaje en el móvil.

–Es Tom Danville –le dijo a Jordan pasando el mensaje con el dedo–. Dice que necesita hablar conmigo urgentemente respecto a Elizabeth.

Las dos mujeres intercambiaron una mirada. El despido de Elizabeth había sido un impacto para ambas. Tal vez ahora descubrieran qué había pasado. Pero cuando Zia llamó a Tom, no quiso contárselo por teléfono.

–Es un asunto extremadamente delicado. Necesito hablar contigo de ello en privado.

–Ahora no tengo tiempo, Tom. Voy camino de una cita en el centro.

–Solo serán unos minutos. Tienes que saber el lío en que nos ha metido Elizabeth a los dos.

Zia se mordió el labio inferior y vaciló.

–¿Dónde estás a hora?

–En la oficina.

–De acuerdo, yo acabo de salir del hospital. Me pasaré por ahí de camino al centro.

Mike esperaba a Zia sobre las cuatro. A las cuatro y media la llamó al móvil. Cuando le saltó el buzón de voz, lo intentó en la oficina.

Respondió su compañera, y cuando Mike se identificó le contestó con tono jocoso:

–Hola, Mike. No me digas que Zia y tú ya os habéis acabado la pizza…

–Así debería ser si hubiera aparecido. ¿Está todavía en el hospital?

–Salió de aquí hace un par de horas. De hecho salimos juntas.

–¿Se subió al metro?

–Ese era el plan, pero recibió una llamada de Tom Danville. Dijo que necesitaba hablar con ella a solas enseguida, así que Zia le propuso pasar por su oficina de camino al centro.

Mike colgó y buscó Danville y Asociados en Google. Tenía las mandíbulas apretadas y los tendones del cuello tirantes como cables. Sabía lo que iba a escuchar antes incluso de que la secretaria de Danville le confirmara que su jefe había salido de la oficina hacía varias horas.

–¿Estaba la doctora Sebastian con él?

–No –respondió la mujer algo sorprendida–. Estoy mirando la agenda de Tom ahora mismo. No tenía ninguna cita con ella. ¿Quiere que…?

Mike colgó el teléfono y buscó en la cartera la tarjeta del agente especial Havers. El agente del FBI respondió al tercer tono.

–Havers.

–Soy Brennan. ¿Dónde está?

–Voy camino al aeropuerto, regreso a Washington. ¿Por qué?

–Se suponía que mi prometida tenía que encontrarse conmigo en mi hotel hace una hora. No ha aparecido. Una compañera salió con ella, y me ha dicho que Zia recibió una llamada urgente de Danville. Dijo que necesitaba hablar a solas con ella urgentemente en su despacho. Pero salió de allí y ella nunca llegó.

El silencio que siguió llevó a Mike a apretar las mandíbulas con tanta fuerza que sintió cómo le chirriaban los dientes.

—Escúcheme, Havers. No tiene una aventura con Danville. Ni tampoco tiene nada que ver con sus planes.

Al ver que el agente seguía sin responder, Mike sacó el as que tenía en la manga.

—Mi siguiente llamada será al hermano de la doctora St. Sebastian. Él no vacilará en contactar con sus antiguas fuentes de la Interpol. Y luego llamaré al embajador Harris a Naciones Unidas. Y después…

—Cuelgue. Espere un poco. Le volveré a llamar.

Mike esbozó una mueca burlona.

—Ni hablar. Voy a esperar en línea mientras usted hace lo siguiente: primero, póngase en contacto con sus compañeros de la oficina de Nueva York. Segundo, pídales que rastreen por GPS el móvil de Danville. Y tercero, dígame dónde está ese malnacido.

—Ya le advertimos esta mañana de que se mantuviera alejado de esto, Brennan. Nosotros nos encargaremos, mos.

—Llame a sus compañeros, Havers. ¡Ahora!

Capítulo Doce

Zia solo tenía que esperar.

Había dejado de lamentarse por haber accedido a encontrarse con Danville en su oficina. Había superado la sorpresa de encontrárselo en el vestíbulo y que la urgiera a entrar en el ascensor, y de que bajara al garaje en lugar de subir a la oficina. También había procesado el shock de verle sacar una pequeña pistola de aspecto letal con la que le apuntó al corazón.

Cuando su mente se recuperó, reconoció los síntomas. Los ojos enfebrecidos. La agitación. La desesperación. Lo había visto en pacientes, había leído multitud de estudios sobre ello. Danville estaba en la fase de pánico. Normalmente entraba varias horas después de la última dosis. El adicto sentía el bajón y se ponía frenético porque necesitaba asegurarse otra dosis.

Danville estaba en esa fase. Desesperado, paranoico, cuando la obligó a ponerse detrás del volante del reluciente Porsche rojo seguía murmurando que lo iban a matar.

–¿Quién, Tom? ¿Quién te va a matar?

–¡Tú conduce!

Eso hizo. Por Madison Avenue en dirección a la Segunda Avenida con la pistola clavada en el costado todo el rato. Trató de hablar con él, de tranquilizarle. Le dijo que le conseguiría ayuda, pero Danville seguía encerrado en aquella cáscara de pánico. Consultaba constantemente el reloj. Se estremecía con cada sonido, con cada sirena lejana. Y con los móviles. Con el de Zia y con el suyo.

Zia consideró la posibilidad de estrellar el Porsche contra un semáforo, pero no podía arriesgarse a que el airbag le explotara a Danville en la cara antes de que apretara el gatillo. Así que siguió sus instrucciones hasta que le dolieron los hombros por la tensión y su mente le gritó que hiciera algo, cualquier cosa, para poner fin a la situación.

–¡Por aquí! ¡Gira por aquí!

Zia tuvo que frenar en seco para sacar el tique del dispensador automático situado a la entrada del garaje subterráneo. Dos carriles más allá, un encargado aburrido estaba sentado en la silla dándoles la espalda para poder atender a los vehículos que salían. Zia rezó para que se diera la vuelta y la mirara. Pero eso no sucedió.

–Baja hasta la planta inferior –le ordenó Danville.

Zia continuó por la rampa llena de curvas cinco plantas llenas de coches. La última estaba casi vacía.

–Métete en ese espacio. El que está al lado de la columna.

La columna de hormigón era cuadrada y gruesa, pero se podía maniobrar bien a su alrededor porque había muchos espacios vacíos. La columna les protegía de la cámara de seguridad instalada en una esquina.

Tratando de mantener la calma, Zia apagó el motor y se giró hacia él. Danville también se revolvió en el asiento y apoyó la espalda contra la puerta. La presión en las costillas disminuyó, pero el cañón de la pistola seguía estando aterradoramente cerca.

–¿Y ahora qué, Tom?

–Esperaremos.

Zia apoyó la mano en el muslo y apretó el puño una y otra vez presa de los nervios. Si podía mantenerle hablando, que la mirara a la cara, podría meter la mano en el bolso, tocar el móvil y marcar el número de emergencias. El bolso estaba en el espacio entre los dos asientos, detrás de la palanca de cambios. Muy cerca.

–¿A qué tenemos que esperar?

–No es a qué. Es a quién –Danville volvió a mirar el reloj–. Vendrán –murmuró para sí mismo–. Ahora que puedo pagar, traerán la mercancía.

Se refería a sus camellos, adivinó Zia mientras el nudo que tenía en el pecho se le clavaba con fuerza en el esternón.

–No puedes hacer esto –afirmó hablando en voz muy baja–. No puedes secuestrarme, hacerme conducir hasta aquí y pensar que vas a salirte con la tuya.

La furia y la bravuconería se reflejaron en su rostro. No era una buena mezcla que unir a la desesperación.

–¡Y tú qué sabes! Me he estado saliendo con la mía durante años. Cinco mil de un cliente, diez mil de otro. Ochenta, cien mil dólares al año desviados a una cuenta especial de la que los auditores no sabían nada hasta que esa zorra empezó a husmear por ahí.

–¿Estás… estás hablando de Elizabeth?

–Sí, Elizabeth –sus labios se curvaron en una mueca de desprecio–. Ella me echó al FBI encima. Mis… mis socios se enteraron, no sé cómo. Pero se ocuparon de ella y ahora yo tengo que huir. Esta noche.

Danville clavó la mirada en la mano que Zia había acercado al bolso. Por un instante, creyó que había visto sus cautos movimientos. Pero entonces se dio cuenta de que estaba mirando el anillo de compromiso.

–No puedo volver a mi casa. Seguramente estaré vigilada por el FBI. No me atrevo a usar el ordenador, el teléfono ni la tarjeta de crédito para sacar el dinero que necesito para pagar a mis socios. Pero puedo usar esto –hizo un movimiento brusco con el cañón de la pistola–. Quítate el anillo.

Zia se retorció el dedo y tiró de él, fingiendo que tenía problemas para sacárselo.

–Está demasiado apretado.

–Más te vale quitártelo o… –Danville giró la cabeza sin terminar la frase. Por encima del latido de su corazón, Zia escuchó el ruido de un motor. Un coche descendía hacia ellos desde la planta superior. Era un coche grande.

–Ya era hora –murmuró Danville mirando hacia atrás, donde estaba la rampa.

Aquella era la oportunidad de Zia, su única oportunidad. No se detuvo a pensar. Alentada por el miedo y la desesperación, le pegó un golpe a la pistola con el brazo para apartarla. La acción desencadenó una respuesta igual de violenta. Sonaron dos disparos en el interior del coche.

Antes incluso de que se acallara el sonido, Zia echó el brazo hacia atrás, apretó el puño y concentró todas sus fuerzas en darle un puñetazo a Danville en la cara. Lo hizo con tanta energía que la punta afilada del diamante se le clavó profundamente en el ojo izquierdo.

Empezó a sangrarle profusamente. Danville aulló de dolor, dejó caer la pistola y se llevó ambas manos al ojo.

Sin arriesgarse a esperar ni un segundo más, Zia abrió la puerta y se lanzó al suelo manchado de aceite. Tenía un fuerte pitido en los oídos y tardó unos segundos en reorientarse. Aquella breve vacilación resultó ser un error. Un enorme todoterreno negro con cristales tintados bajaba por la rampa y estaba ya a menos de 30 metros. Zia se giró y contuvo un grito al ver que Danville había salido del coche arrastrándose. Se cubría el ojo herido con una mano y en la otra tenía la pistola que había recogido del suelo del coche.

A partir de entonces todo sucedió de manera borrosa. El todoterreno llegó como un rayo. Zia saltó hacia atrás y consiguió esquivarlo por los pelos. Se escondió detrás de la columna. Entonces se abrió la puerta del todoterreno y Mike se lanzó hacia el Porsche.

Danville se giró para enfrentarse a su nueva amenaza, pero la herida del ojo le hizo fallar el blanco. La bala dio contra la columna, a escasos centímetros de la cabeza de Zia. Unos trozos de hormigón le cayeron como proyectiles en la mejilla. Cuando consiguió llegar a la parte de atrás del coche, Mike estaba dando puñetazos a la ensangrentada cara de Danville. Entonces apareció un hombre grande con cuerpo de toro y apartó la pistola de una patada.

—¡Ya es suficiente, Brennan!

Agarró a Mike del brazo y lo apartó de Danville, que ahora estaba inconsciente. Con la respiración agitada, Mike se incorporó y se dio la vuelta.

—¡Zia! ¡Dios mío!

Ella vio que movía los labios, pero solo escuchaba el eco mudo de sus palabras. Se agarró a él con el corazón latiéndole de miedo y de alivio hasta que Mike la estrechó entre sus brazos y la apartó suavemente de allí.

—¿Estás herida? —Mike la escudriñó por todas partes—. Zia, dime si estás herida.

—Estoy bien. Esto… esto es sangre de Danville.

El hombre que estaba al lado de Mike dijo algo. Su voz quedó acallada por el chirriar de las ruedas cuando una flota de coches patrulla blancos y negros bajaron por la rampa.

Zia agarró por las solapas a Mike y gritó para hacerse oír:

—Danville estaba esperando a sus socios. Vendrán en cualquier momento.

Lo siguiente que supo fue que estaba en la parte de atrás de un coche patrulla.

El coche patrulla en el que estaba Zia salió del garaje a toda velocidad y estacionó a una manzana de allí. Y esperaron.

El pitido de los oídos había disminuido en volumen, pero todavía resultaba desagradable. Seguramente tendría una perforación del oído medio. Apretó los puños y trató de ignorar la molestia mientras esperaba.

—Operación concluida. Cuatro hombres detenidos. Que todas las unidades vuelvan a sus puestos.

—¿Ha terminado todo? —le preguntó Zia al policía.

—Sí, señora.

—Por favor, lléveme al garaje.

El agente detuvo el coche a la entrada y Zia esperó angustiada ver salir a Mike del oscuro túnel. En cuando le vio salió disparada del coche y se lanzó a sus brazos. Él la sostuvo con delicadeza. Zia quería sentir sus brazos rodeándola, pero Mike la apartó con cuidado y frunció el ceño al ver los cortes de la cara.

–Tenemos que llevarte a urgencias.

Cuando llegaron al hospital, el médico de guardia confirmó lo que Zia había predicho.

–Tiene un importante daño neurosensorial en ambos oídos. Debería consultar a un otorrino lo antes posible. Tenemos que retirarle también los restos de hormigón de la mejilla y recoger una muestra. Y me han dicho que el FBI quiere hablar con usted luego. Hay un agente esperando fuera.

Zia asintió pero se giró hacia Mike con gesto sorprendido cuando el médico salió cerrando la puerta.

–¿Ha dicho FBI?

–Sí.

–¿Y por qué está metido el FBI en esto?

–Es una larga historia. Te la contaré luego.

El hombre grueso del todoterreno se identificó como el agente especial Dan Havers. Estuvo unos cuarenta minutos con Zia repasando toda la situación desde la llamada de Danville hasta lo que admitió en el garaje.

–¿Dijo que sus amigos se habían «encargado» de Elizabeth Hamilton-Hobbs?

Horrorizada, Zia solo se pudo limitar a asentir.

–Vamos, Zia –dijo Mike, que la estuvo acompañando durante todo el interrogatorio–. Te llevaré a casa.

Tras firmar los papeles necesarios, se metieron en un taxi. Zia trató de convencerle para que no alertara a la duquesa de lo sucedido, pero él insistió. Y se desencadenó la reacción que Zia temía. Charlotte llamó a Dominic y a Natalie, que llegaron al edificio Dakota instantes después de Zia y Mike.

La preocupación, las preguntas, la tensión al intentar separar sus voces del pitido de los oídos fueron demasiado para Zia.

–Necesito ducharme y cambiarme –murmuró girándose hacia Mike–. Por favor, cuéntales tú lo que ha pasado.

Cuando salió se hizo un silencio incómodo en el salón. Mike estiró los hombros y se enfrentó a la tía abuela, el hermano y la cuñada de Zia. Les contó todo: la conexión de Danville con el cartel de la droga y con Hezbollah, el rapto de Zia, la desaparición de Elizabeth…

–Las marcas de Zia en la cara –murmuró la duquesa–. La sangre de la ropa… ¿está herida?

–No, la sangre es de Danville, pero los oídos todavía le resuenan por el impacto de los disparos. Tiene una cita con un otorrino.

–Acabas de contarnos que mi hermana desapareció a media tarde. Tuviste horas para ponerte en contacto con nosotros. A menos que… –Dom entornó la mirada–. ¿Qué nos estás ocultando, Brennan?

La tensión del aire podía cortarse. La duquesa alzó la barbilla y le dirigió a Mike una mirada glacial.

–Yo también quiero una explicación de por qué ha tardado tanto en contarnos el peligro al que se enfrentaba con ese tal Danville.

–Ella no supo la gravedad del asunto hasta esta tarde.

–¿Pero tú sí lo sabías? –la duquesa alzó sus blancas cejas–. Seguro que sí, porque contabas con la ayuda del FBI.

–Un agente se puso ayer en contacto con GSI. Me he reunido con ellos esta mañana.

Dominic se puso de pie de un salto. Echaba chispas por los ojos.

–¿Sabías lo de Danville y dejaste que Zia cayera en su trampa?

–Yo no…

–¿Qué era mi hermana, un cebo? –Dom apretó los puños–. ¿Un señuelo?

–No.

Mike entendía la furia de Dom. Él también la sentía en el estómago. Tendría que haberle contado a Zia la llamada del FBI la noche anterior. O haber insistido en que le acompañara aquella mañana a la oficina de Havers. Pero había mantenido la boca cerrada y Zia había terminado poniendo su vida en peligro. Nunca se perdonaría aquel tremendo error.

Y el hermano de Zia tampoco se lo perdonaría. St. Sebastian se acercó a Mike con gesto amenazante.

–El FBI la necesitaba para atrapar a los terroristas, ¿verdad? Y tú la necesitabas para recuperar tu cuarto de millón de dólares.

La acusación era absurda. Dom lo sabía tan bien como las demás personas que estaban en la habitación. Pero Mike no protestó. Solo esperó la llegada del puñetazo que él habría pegado si alguna de sus hermanas hubiera estado en aquel garaje.

–¿He oído bien? ¿El FBI se puso en contacto contigo ayer? ¿Y no me dijiste nada?

143

Capítulo Trece

Mike era el único responsables de que Zia hubiera estado a punto de morir. No podía librarse de aquella carga y no pretendía hacerlo. La sintió como una piedra sobre el pecho mientras relataba la secuencia de eventos que le había llevado hasta el FBI.

–Te lo podría haber contado anoche –le dijo a Zia cuando concluyó–. Iba a hacerlo. Pero...

–¿Pero qué? –le urgió ella con sequedad.

–Pero decidí arriesgarme –admitió Mike con total sinceridad mientras ella entraba en el salón–. Quería conocer el alcance de la amenaza antes de contarte nada. No quería que ni tú ni familia os vierais implicados.

–¿Me lo habrías contado si Danville no me hubiera secuestrado?

–¡Diablos, claro que sí!

–¿Y cómo puedo saberlo? –insistió Zia con tono glacial–. ¿Cómo sé que no intentarás protegerme siempre de cualquier cosa que sea peligrosa o simplemente desagradable?

Mike abrió la boca y volvió a cerrarla. Quería asegurarle que era lo suficientemente moderno y maduro para respetarla como adulta y como profesional. Pero no podía negar los instintos que estaban grabados en su ADN.

144

Diablos, ¿qué más daba? Lo único que Mike sabía era que le guiaba el mismo instinto de protección hacia su compañera que a cualquier criatura. Si lo negaba estaría mintiendo, así que aspiró con fuerza el aire y habló desde el corazón.

–Te amo, Zia. Respeto tu determinación y admiro profundamente tu inteligencia. Pero siempre, siempre intentaré protegerte para que no te hagan daño.

Sus palabras fueron recibidas por un silencio mortal. A Mike le pareció ver un brillo de comprensión en los ojos de Dom. La duquesa mantuvo una actitud cautelosa. Pero Zia ya había oído suficiente.

–No puedo seguir hablando de esto ahora –se llevó los dedos temblorosos a la mejillas herida–. Me duele la cara y todavía oigo timbales en el oído. Te llamaré, ¿de acuerdo?

Cuando se dio la vuelta, Mike extendió la mano.

–Zia...

–Te llamaré.

Se giró y salió de la habitación. Para sorpresa de Mike, Dom se levantó y se acercó despacio a él. Sus ojos negros reflejaban menos hostilidad que antes.

–Entiendo por qué hiciste lo que hiciste. No me gusta el resultado, pero lo entiendo.

Mike resopló.

–Yo no puedo decir tampoco que esté contento con el resultado.

–Conozco a mi hermana. No le gusta que la presionen. Dale tiempo. Espera su llamada.

–¿Y si no me llama?

–Entonces te aconsejo que vuelvas a Texas y te olvides de ella.

«Seguro», pensó Mike recogiendo la chaqueta antes de dirigirse a la puerta. Como si eso fuera posible.

Zia salió del dormitorio a la quietud de la noche envuelta en la comodidad del chándal y las zapatillas forradas. Entró en la cocina, encendió la luz y puso agua a calentar en la tetera.

—¿Estás preparando té?

Zia no había oído acercarse a la duquesa. Llevaba puesta una bata azul y se apoyaba pesadamente en el bastón.

—Lo siento, ¿te he despertado?

—Desgraciadamente no —respondió Charlotte con ironía—. El sueño se convierte en algo superfluo a mi edad. ¿Puedo acompañarte?

—Por supuesto. El agua está a punto de hervir. ¿Preparo uno de cardamomo sin teína?

—Sí, por favor.

Zia preparó la infusión y puso en una bandeja unos platitos, tazas de porcelana, el azucarero, servilletas y cucharitas. Llevó la bandeja a la salita del desayuno que había al lado de la cocina.

—Hay algo tranquilizador en el té —reflexionó Charlotte tomando asiento.

Zia asintió y sirvió la infusión.

—¿Te pitan todavía los oídos?

—Ya no tanto como antes.

—¿Y la cara? ¿Tu preciosa cara?

—Los cortes se curarán.

—La mayoría de las heridas con el tiempo se curan.

146

–Algunas son más profundas que otras –Zia alzó la vista de su taza–. No soy una niña. Aunque Dom sigue intentando ejercer de hermano mayor, hace muchos años que me declaré independiente. No necesito que ningún hombre me proteja. Creí que Mike lo había entendido.

–Perdona, Anastazia, pero eso es una tontería. Tú eres médico. Conoces a los machos de las especies mejor que la mayoría de las mujeres. Sus instintos, su idiosincrasia. Uno de ellos es que creen que deben golpearse el pecho y proteger a sus hembras de los intrusos.

–Por supuesto que soy consciente de que los hombres se dejan llevar por instintos primarios. Y las mujeres también. Eso no significa que no puedan controlarlos –Zia frunció el ceño, sorprendida por la dirección que había tomado la conversación–. Creí que tú entenderías mejor que nadie cómo me siento. Eres la mujer más valiente que conozco. Tú no permitirías que nadie te envolviera entre algodones y te protegiera de las realidades de la vida.

–Te equivocas. No imaginas la cantidad de veces que he deseado tener esos algodones. Que alguien me bloqueara al menos un poco de fealdad. Y compartiera conmigo la belleza –añadió con un suspiro.

–Entonces, ¿estás sugiriendo que debo dejar que Mike decida qué bloquear y qué compartir?

–Eso tenéis que decidirlo los dos. En eso consiste el matrimonio. En aprender a respetar los deseos, los límites y las necesidades del otro. Eso no sucede de un día para otro.

–Desde luego hoy no ha sucedido.

–Ay, Anastazia –la duquesa estiró la mano y tomó la de Zia–. Creo que Michael solo quería conocer el alcance de la amenaza, como él mismo dijo. Y también pienso que tenía pensado contártelo en cuanto lo hiciera. ¿Tú no?

–Sí…

–Y querida, creo que olvidas un hecho relevante –le dio una palmadita a Zia en la mano–. Tú no eres una damisela indefensa y débil. No te quedaste sentada esperando a que te rescataran. Redujiste a tu agresor y escapaste.

–Eso no es del todo cierto –reconoció ella–. Sí logré salir del coche, pero Danville seguía teniendo la pistola. Mike se la quitó antes de tirarle al suelo.

–¿Eso hizo? ¡Bien por él!

–¿No os lo contó?

–No.

A Zia se le debió notar la sorpresa en la cara.

–Tengo la impresión de que estaba dispuesto a aceptar la culpa de lo sucedido y no llevarse ningún mérito –murmuró Charlotte. Dejó que aquello calara en Zia y luego agarró el bastón–. Es tarde, y has tenido un día espantoso. Deberías descansar un poco.

–Lo haré, te lo prometo. En cuanto me termine el té.

–De acuerdo. Que descanses, querida.

Cuando se desvaneció el acallado sonido del bastón, el apartamento quedó sumido en el silencio. Zia sostuvo la taza con las dos manos y aspiró el vaho con olor a cardamomo. Su mente recordó una y otra vez los últimos instantes vividos en aquel garaje.

–¡Maldita sea!

La llamada sacó a Mike de un sueño inquieto. Se había acostado hacía una hora y llevaba la mayor parte del tiempo con las manos detrás de la cabeza mirando al techo. Finalmente se había adormilado.

Cuando le sonó el móvil, lo agarró de la mesilla de noche. El nombre que se leía en la pantalla le hizo incorporarse de golpe.

—¿Zia? ¿Estás bien?

—No. Tenemos que hablar.

—¿Ahora?

—Sí, ahora. ¿En qué habitación estás?

—¿Cómo? —Mike trató de espabilarse un poco—. No hace falta que bajes hasta el centro. Yo iré a tu casa.

—Demasiado tarde, estoy en el vestíbulo. ¿En qué habitación estás?

—1220.

—Entendido. Subo —dijo ella con sequedad.

Mike se puso los vaqueros mientras pensaba lo peor. Zia le había dicho que esperara su llamada. Y había llegado mucho antes de lo que él esperaba. Era demasiado pronto. Seguía enfadada, seguía dolida. Y seguramente estaría sufriendo una reacción retardada a los traumáticos eventos de la tarde. Mike tendría que tener cuidado, medir cada palabra para no empeorar todavía más las cosas.

Se pasó una mano por el pelo y se dirigió al cuarto de baño. Apenas había tenido tiempo de lavarse la cara cuando llamaron a la puerta de la suite. Quitó el cerrojo de la puerta y se preparó para el puñetazo en el estómago que sentiría al ver su mejilla cortada. Pero no estaba preparado para la caja de cartón roja y blanca que Zia sostenía en la palma de la mano.

–Ni anchoas ni nada que parezca fruta –anunció Zia pasando por delante de él con la caja en alto–. Espero que tengas vino o cerveza en el minibar.

Mike vaciló un instante y finalmente dijo:

–Estoy seguro de que hay las dos cosas.

–Entonces tomaré vino. Tinto, no blanco.

Zia dejó la caja de cartón en la encimera que separaba la zona de estar de la cocinita y encendió las luces. Mike no sabía cómo interpretar aquellas señales confusas. Pizza y el letal «tenemos que hablar». Todavía receloso, abrió una botella de vino tinto y sirvió dos copas.

–¿Por qué brindamos?

Mike empezó a sudar.

–Por nosotros –dijo finalmente–. Con ciertas reservas.

Mike bajó despacio la copa.

–Creo que me gustaría oír esas reservas antes de brindar por ellas.

–Un hombre inteligente –Zia dejó su copa en la encimera al lado de la pizza y se cruzó de brazos–. Bien, esta es la cuestión. Yo te amo. Tú me amas. Pero como sin duda habrás aprendido de tu primer matrimonio, el amor no siempre es suficiente.

–Entonces, ¿qué propones?

–En primer lugar, nada de analizar situaciones por tu cuenta. No más juicios individuales sobre posibles amenazas. Tenemos que hablar las cosas. Hablarlo todo. Los problemas importantes y las cosas pequeñas.

De nuestras familias, nuestros sueños, nuestros miedos.

—¿Quieres hablar de todo eso esta noche?

Mike estaba medio en broma, pero también algo asustado. Afortunadamente, su pregunta suscitó una carcajada en ella.

—Supongo que podemos extender el periodo de conversaciones.

La risa le había hecho saber a Mike que no todo estaba perdido. Se acercó un poco más sintiendo una tremenda oleada de alivio.

—¿Extenderlo cuánto tiempo?

—¿Diez años?

—No es suficiente.

—¿Treinta?

—Sigue siendo poco —la encajonó contra la encimera y sintió cómo se perdía en aquellos ojos tan negros y exóticos—. Estoy pensando unos cuarenta o cincuenta.

—Mmm —murmuró Zia deslizándole los brazos por el cuello—. Eso suena bien —suspiró y le apoyó la frente en la barbilla—. Esta tarde he pasado mucho miedo.

—Es normal, dada la situación que has vivido.

—No tenía miedo por mí. Bueno, sí, pero también por ti. El corazón me dejó de latir cuando te lanzaste sobre Danville.

—¿Sabes qué? —dijo Mike para apartar la mente de Zia del horror de aquella tarde—. Hay algo de lo que tenemos que hablar y no puede esperar diez o veinte años.

—¿De qué se trata?

—De cuándo y dónde vamos a casarnos. Yo voto por este fin de semana en el ayuntamiento.

–¡Este fin de semana! Pero en el ayuntamiento...

–O en San Patricio, o en la capilla de tu hospital, o en lo alto del Empire State. Tú escoge el sitio, yo me encargo de los preparativos.

–Ni hablar. Se lo encargaremos todo a mi prima Gina, que es coordinadora de eventos.

–Muy bien. Pues que lo organice para este fin de semana. Y ahora vamos a hablar de otro asunto: ¿nos tomamos una pizza o nos vamos a la cama? Tú. Yo. Juntos.

Ella se derritió en una sonrisa.

–A la cama. Ahora. Fin de la discusión.

Gina logró superar todos los obstáculos y coordinó dos eventos diferentes.

El primero fue una boda en mayo que tuvo lugar en Galveston una semana después de que Zia completara su residencia. La celebraron al estilo de Texas, con los parientes y amigos de Mike. En el complejo del Camino del Rey colocaron una pérgola portátil que iba desde las dunas hasta prácticamente la orilla del mar. Las blancas sillas estaban decoradas con lazos transparentes y altramuces de Texas, igual que las columnas de la pérgola.

Los tres hermanos de Mike estaban al lado de sus cuñados. Sus tres hermanas se unieron a Gina, Sarah y Natalie al otro lado del estrado. Las pequeñas Amalia y Charlotte hicieron de damitas de honor, y los pajes fueron Davy y su hermano Kevin.

Los padres de Mike y su abuela se sentaron con la duquesa en primera fila. Tíos, primos, amigos y conocidos de ambas familias ocuparon las demás. Pero Mike solo tuvo ojos para su novia cuando avanzó hacia el altar del brazo de su hermano.

Se había recogido el negro cabello hacia atrás coronado con una guirnalda de rosas blancas. La brisa del mar jugueteaba con algunos mechones sueltos mientras Dom y ella avanzaban siguiendo los acordes de una rapsodia húngara de Liszt.

Entonces Mike tomó la mano de Zia y, con una sonrisa en el corazón, le recitó las palabras que había inscrito en la alianza.

–Tú. Yo. Juntos. Para siempre.

Gina coordinó un segundo evento que tuvo lugar menos de una semana después, justo antes del inicio de la larga luna de miel que Zia y Mike iban a hacer por Hungría y Austria. La celebración tuvo lugar en un promontorio rocoso que custodiaba un paso alpino entre los dos países, con las ruinas del castillo de Karlenburgh de fondo.

Hubo muchos menos asistentes que en Galveston. Solo Zia y Mike, Dom y Natalie, Sarah y Gina y sus maridos y las gemelas. Y la gran duquesa de Karlenburgh.

Era la primera vez que regresaba a aquel lugar desde que salió huyendo de allí hacía más de sesenta años. Estaba de pie sola, con ambas manos apoyadas en el bastón y las ruinas a la espalda. El valle moteado por el sol quedaba abajo, muy lejano. Charlotte no parecía ser consciente del viento que le moldeaba la falda y el elegante pañuelo verde que llevaba al cuello. Tenía la mirada clavada en el horizonte lejano.

–Debe estar recordando la primera vez que vino

aquí recién casada –murmuró Gina–. Era muy joven, tenía dieciocho años recién cumplidos. Y estaba muy enamorada.

–Tal vez esté pensando en los bailes que nuestro abuelo y ella celebraban aquí –dijo Sarah en voz baja–. Ojalá tuviéramos una foto o un retrato de ella con los diamantes de los St. Sebastian.

–O quizá esté recordando Navidades pasadas –intervino Dom en voz baja–. La última vez que Natalie y yo estuvimos aquí, hablamos con un viejo pastor que todavía recordaba las fiestas que celebraban en esas fechas. Todos los habitantes de las aldeas cercanas estaban invitados.

Zia entrelazó la mano con la de su marido y sintió tristeza por aquella mujer a la que tanto había llegado a querer. Mike y ella estaban a punto de iniciar su vida juntos. Charlotte ya casi tenía únicamente pasado, y estaba cargado de tristeza.

La duquesa cerró los ojos durante unos instantes. Levantó la mano derecha apenas unos centímetros, de un modo casi imperceptible. Luego volvió a agarrar con fuerza la empuñadura del bastón y estiró los hombros. Cuando se giró para mirar a su familia, tenía la barbilla alta y los ojos limpios.

–Gracias por convencerme para volver a Karlenburgh. Siempre recordaré este momento, y estoy más agradecida de lo que os podáis imaginar por haber podido compartirlo con todos vosotros. Y ahora, por el amor de Dios, bajemos al pueblo. Estoy deseando tomarme un buen *pálinka*.

Epílogo

Ha sido un verano maravilloso. Mi querida Sarah ha dado a luz a la niña más bonita del mundo. Dev está como loco y me manda informes detallados y bastante exhaustivos de sus gorjeos y sus hipidos. Gina y Jack van a ser los padrinos, y justo unas semanas después, Natalie y Dom anunciaron que ellos también van a hacer una aportación al creciente clan de los St. Sebastian.

Anastazia y Michael están muy ocupados, él con su negocio y ella con su trabajo. Me enorgullece decir que su investigación se ha expandido tanto que viaja mucho a otras universidades y hospitales del país... sobre todo al Hospital General de Houston.

Michael y ella han hablado de formar una familia. Yo he mantenido la discreción respecto a ese tema, por supuesto. Pero hace unas tres semanas llamó Maria histérica para contarnos que había encontrado a un niño como de unos dos años vagando por la calle vestido únicamente con un pañal sucio. Anastazia se apresuró a ir a examinarle. Es un niño con adicción al crack, como seguramente lo sería su madre cuando lo abandonó. Las autoridades se han encargado de su custodia y Anastazia se ha convertido en su mayor protectora. Tengo la impresión de que no tardará mucho en convertirse en su madre.

Cuando miró atrás y veo estos acontecimientos tan extraordinarios, me doy cuenta una vez más de la vida tan maravillosa que tengo. Me despierto todas las mañanas deseando saber qué me traerá el día. Y cada noche, cuando me acuesto, deslizo la mirada al Canaletto que tengo colgado en mi dormitorio antes de dormirme. El cuadro me devuelve de nuevo a Karlenburgh, a las penas, las alegrías y los recuerdos que atesoraré en mi corazón para siempre.

Del diario de Charlotte, gran duquesa de Karlenburgh

Emparejada con un millonario
Kat Cantrell

El empresario Leo Reynolds estaba casado con su trabajo, pero necesitaba una esposa que se ocupara de organizar su casa, que ejerciera de anfitriona en sus fiestas y que aceptara un matrimonio que fuera exclusivamente un contrato. El amor no representaba papel alguno en la unión, hasta que conoció a su media naranja...

Daniella White fue la elegida para ser la esposa perfecta de Leo. Para ella, el matrimonio significaba seguridad. Estaba dispuesta a renunciar a la pasión por la amistad. Sin embargo, en el instante en el que los dos se conocieron, comenzaron a saltar las chispas...

*Que no la amaba era una mentira que
se hacía creer a sí mismo*

¡YA EN TU PUNTO DE VENTA!

Acepte 2 de nuestras mejores novelas de amor GRATIS

¡Y reciba un regalo sorpresa!

Oferta especial de tiempo limitado

Rellene el cupón y envíelo a
Harlequin Reader Service®
3010 Walden Ave.
P.O. Box 1867
Buffalo, N.Y. 14240-1867

¡Sí! Por favor, envíenme 2 novelas de amor de Harlequin (1 Bianca® y 1 Deseo®) gratis, más el regalo sorpresa. Luego remítanme 4 novelas nuevas todos los meses, las cuales recibiré mucho antes de que aparezcan en librerías, y factúrenme al bajo precio de $3,24 cada una, más $0,25 por envío e impuesto de ventas, si corresponde*. Este es el precio total, y es un ahorro de casi el 20% sobre el precio de portada. !Una oferta excelente! Entiendo que el hecho de aceptar estos libros y el regalo no me obliga en forma alguna a la compra de libros adicionales. Y también que puedo devolver cualquier envío y cancelar en cualquier momento. Aún si decido no comprar ningún otro libro de Harlequin, los 2 libros gratis y el regalo sorpresa son míos para siempre.

416 LBN DU7N

Nombre y apellido	(Por favor, letra de molde)

Dirección	Apartamento No.

Ciudad	Estado	Zona postal

Esta oferta se limita a un pedido por hogar y no está disponible para los subscriptores actuales de Deseo® y Bianca®.
*Los términos y precios quedan sujetos a cambios sin aviso previo.
Impuestos de ventas aplican en N.Y.

SPN-03   ©2003 Harlequin Enterprises Limited

Bianca

Aquel milagro fue más dulce que la más suave de las melodías

El multimillonario Zaccheo Giordano salió de la cárcel un frío día de invierno con una sola idea en la cabeza: vengarse de la familia Pennington, responsable de que hubiera acabado allí. Y pensaba empezar con su exprometida, Eva Pennington.

Cuando Zaccheo exigió a Eva que volviera a comprometerse con él si quería salvar a su familia, ella accedió. Ya que se trataría de un matrimonio de conveniencia, ella podría mantener en secreto que era estéril. Pero Zaccheo le dejó muy claro que su matrimonio sería real en todos los sentidos, y que quería un heredero…

SUAVE MELODÍA
MAYA BLAKE

Deseo

EVAN

Negocios de placer

CHARLENE SANDS

El millonario empresario hotele-
ro Evan Tyler no se detendría
ante nada hasta conseguir vengarse. Por eso, cuando surgió
la oportunidad de seducir a
Elena Royal, hija de su principal rival, Evan no se lo pensó
dos veces. No solo tenía intención de sonsacarle todos los
secretos de su familia mediante
la seducción, sino que pretendía disfrutar al máximo cada
segundo que pasara con ella.
Pero cuando la aventura llegó a
su fin, Evan se vio obligado a elegir entre la venganza y
el placer. ¿Encontraría el modo de conseguir ambas cosas?

*¿Qué era más grande, su sed de venganza o el
deseo que sentía por ella?*

¡YA EN TU PUNTO DE VENTA!